অন্য রকম গল্প

মৌসুমী সরকার

editionNEXT, Kolkata, India
www.editionnext.com

"Anya Rakam Golpo" :: A Collection of Bengali Stories
by Mousumi Sarkar

© Author

International Edition

Cover: Uday Bhattacharyya

First Edition: September 2024

Publisher: Mousumi Bhattacharyya
FD 16/1, Baguiati, Kolkata- 59
Website: editionNEXT.com
Facebook: facebook.com/editionnext
Twitter: twitter.com/editionnext
eMail: Link "Contact Us" in editionNEXT.com

উৎসর্গ

স্বর্গতঃ পিতা শ্রীরণজিৎ পূততুন্ড
স্বর্গতঃ মাতা শ্রীমতী শীলা পূততুন্ডের পূণ্য স্মৃতিতে দ্বিতীয় বই
'অন্য রকম গল্প' উৎসর্গ করলাম।

কৃতজ্ঞতা

আমার পুত্র শ্রীমান রূপায়ণ সরকার ও স্বামী ডা. অরণ্য সরকারের সাহায্য ব্যতীত বইটি প্রকাশ করা সম্ভব ছিল না।

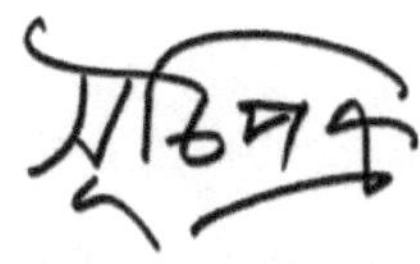

ক্রম	গল্প	পৃষ্ঠা
০১	ডায়েরি ১	০৯
০২	ডাইরি ২	১৬
০৩	ডায়েরি ৩	২১
০৪	সন্দেহ	২৬
০৫	এক জীবনেই	৩০
০৬	চিঠি	৫১
০৭	চিঠি দ্বিতীয় পর্ব	৫৭

ডায়েরি ১

পাতা ১

অমৃতা, কত দিন তোমার সাথে আমার দেখা নেই? কত বছর হয়ে গেল? আমার মনে আছে, আজ ৩০ বছর ৩ মাস ৪ দিন পূর্ণ হলো! আমি এখন আন্দামানের নীল দ্বীপে এসেছি, এখানে এসে প্রকৃতির আশ্চয রূপ দেখে খালি তোমার কথা মনে পড়ছে! তুমি কোনো দিন সমুদ্র দেখেছো? দেখোনি! তরঙ্গায়িত ঢেউ গুলো হাসতে হাসতে খেলতে খেলতে উছলে পড়ছে, সূর্যের আলোয় প্রতিফলিত হয়ে জলকণা গুলো অসংখ্য হীরার কুচির মতন লাগছে, ঠিক যেন তোমার ১৭ বছরের হাসির মতো, কাছে এসে কোনো দিন ধরা দাও নি! ওই ঢেউ গুলোর মতোই দুরে চলে গেছো! কেন বল তো? তোমার বাবার ভয়ে! তাই না? পাঞ্জাবের মেয়ে তুমি, উচ্ছল প্রাণশক্তি তে ভরপুর, আমি কলকাতার সাদা মাটা ঘরের ছেলে ওখানকার উনোভার্সিটি তে সুযোগ পেয়ে পড়তে গেলাম, থাকার জায়গা হলো তোমাদের বাড়ি, তখন তো ভারী গোলমাল পাঞ্জাবে, ৮০ র দশক সেটা, কাগজ খুললেই দেখা যেত কি রক্তাক্ত পরিস্থিতি, কিন্তু পড়াশোনা করতেই হবে, লুধিয়ানা উনিভার্সিটিতে পড়ার সুযোগ তো ছাড়া যায় না, আর আমাদের মতো সাধারণ ঘরে এটি ই একমাত্র হাতিয়ার! মা চিন্তা করতেন খুব, আমি অভয় দিয়ে ব্যাগ গুছিয়ে থাকতে গেলাম তোমাদের বাড়ি! যোগাযোগ আমার বাবার সূত্রেই, আসলে আমার বাবা ছিলেন তোমার বাবার পরিচিত বন্ধু। সমুদ্র আজ যেন উত্তাল লাগছে, ঢেউ গুলো দৌড়ে দৌড়ে আসছে, আবার সরে যাচ্ছে এদিকে এ পারে দোকানদার দোকান বন্ধ করে দিচ্ছে, হাওয়া দিচ্ছে জোরে! কোনো সতর্কতা আছে বোধ হয়! তোমার

অমরদার বুকেও কি চলেছিল, জানতে তো অমৃতা? আজ রাখি, ঘরে যাই! কাল লিখবো, কেমন?

পাতা ২

জানো অমু, তোমাদের ওই রুক্ষ মরু দেশে মানিয়ে নিতে এই বাঙালিটির বেশ কষ্ট হয়েছিল, তোমাদের খাওয়া দাওয়ার প্রকৃতি আলাদা, চাল চলন ও আলাদা তোমার মা বুঝতে পেরেছিলেন, তাই তিনি আমাকে অন্য কিছু রান্না করে দিতেন অনেক সময়, বলতেন, বেটা, তুমহারা ঘর, ওনার এত কৃতজ্ঞতার কারণ আর কিছু নয় চাকুরী ক্ষেত্রে আমার বাবা, তোমার বাবাকে অনেক সাহায্য করেছিলেন একদিন, কাকা সেটা ভোলেন নি। এই তো প্রকৃত মানুষের চরিত্র তাই না! কৃতজ্ঞতা! অকৃতজ্ঞকে কে ভালোবাসে সংসারে!

আন্দামানের কিছু দূরেই নীল দ্বীপ, সবুজে সবুজ শ্যামলিমা চারিপাশ সমুদ্র বেষ্টিত প্রকৃতির অনন্য রচনা, এযে কি অপূর্ব চোখে না দেখলে বিশ্বাস হয় না!

এই বালুকাময় পাড়ে বসে থাকা আর সমুদ্রের উচ্ছলিত তরঙ্গ দেখা আমার অভ্যাসে দাঁড়িয়ে গেছে। বছর ৩০ এক সহকর্মীর সাথে হঠাৎ এসেছি পোর্ট ব্লেয়ার, ওখানে ২ দিন থেকে, নীল দ্বীপ এসেছি বেড়াতে, থাকবো দিন ১০ মতো! সমুদ্রের ওপর টান যেন দিন দিন বাড়ছে আমার, এখানে না এলে জানতেই পারতাম না, প্রকৃতির কত বিচিত্র রূপ, মানুষের মনের ওঠাপড়ার মতো, মনের আলো আঁধারের মতো! ওই দূরে যখন সূর্যাস্ত হয়, কোনো কোনো সময় কালো মেঘে হঠাৎ আকাশ ঢেকে যায়, তোমার জলভরা চোখের কথা মনে পড়ে যায়। তুমি কি আমাকে প্রথম ভালোবেসে ছিলে? না আমি? কি জানি! আজ অনেক বছর হয়ে গেল, কিন্তু মনে হয় যেন সেদিনের কথা! তুমি আমাকে কোনো কোনো সময় চা দিতে আসতে, তখন তো অল্প বয়স, এসে আমাকে, লুকিয়ে দেখতে বোধ হয়! হাসি র শব্দ পেতাম, চুড়ির আওয়াজ পেতাম, তোমাদের বাড়িতে অনেক আত্মীয় আসতো, কখনো কখনো প্রার্থনা হতো, তুমি যেন আমাকে কিছু বেশি খাবার দিয়ে যেতে! এই রোগা বাঙালি ছেলেটির ওপর কি মায়া পরে ছিল তোমার? আড়াল থেকে মাঝে মাঝে হাসির আওয়াজ শুনে, মনে হতো যেন কোনো রুদ্ধ ঝর্ণা

আটকে আছে বাড়ির কঠিন শাসনে, তোমার বাবা, দাদাদের শাসন যে কম ছিল না! মেয়েদের বোধ করি সবই বারণ তাই না অমৃতা, জোরে হাসা, কাঁদা পর্যন্ত, এ সমাজ নিজের স্বার্থে কত রকম বেড়ি পড়িয়েছে মেয়েদের! একি ঠিক তোমাদের আটকাতে? না উশৃঙ্খল কিছু পুরুষের লালসা থেকে তোমাদের বাঁচাতে? জানি না! সন্ধ্যা উৎরে গেছে, রাতের আকাশে তারা দেখতে পাচ্ছি, কার যেন কালো আঁচলের ওপর শিউলি ফুটে উঠেছে মনে হয়, আমার খাবার সময় হলো, রাখি আজ?

পাতা ৩

আজ সমুদ্র পাড়ের বালুকাতে দেখছিলাম ছোট্ট ছোট্ট ঝিনুকের বাচ্চা চলছিল, আমার পায়ের শব্দে টুপ্ টুপ্ করে নিজের গর্তে ঢুকেগেলো, নিজেকে বাঁচাতে, জীব জগতের তো এই প্রবৃত্তি, নিজেকে বাঁচিয়ে রাখা, সুরক্ষিত রাখা! তোমার সমুদ্র দেখা হয়নি, কি করে দেখবে! তোমার বাবা, দাদারা তো সর্বদা জমি আর ব্যবসার কাজে ব্যস্ত, কাকি বলতেন সমুদ্র দেখার কথা কিন্তু ওনাদের টাকা রোজগার করাই জীবনের প্রধান উদ্দেশ্য ছিল যেন! কোনো দিন পাত্তা দেননি ওসব কথায়, এমন কেজো বৈষয়িক লোকের অভাব কিন্তু পৃথিবীতে নেই অমু! আমি আগেই দেখে ছিলাম সমুদ্র, কারণ আমার মা বাবার মনে হতো অতিরিক্ত সম্পদ জমানোর প্রয়োজন নেই! বরং মনের প্রসারতা দরকার, তাই আমি ওনাদের সাথে পাহাড়ে ঘুরেছি, সমুদ্র ও দেখেছি, বাবার খুব সাধারণ রোজগারেও। আসলে বাবা মার আশা ছিল পার্থিব সম্পদ বেশি না থাকলেও সন্তান যেন সম্পদ হয়! জানি না হয়েছি কিনা! দিন কাটতে লাগলো, আমি পাস করে ভালো ভাবেই মাস্টার ডিগ্রী করার জন্য ভর্তি হলাম, তুমিও কলেজ ঢুকলে!

সেই ২ বেণী করা মেয়েটি হঠাৎ যেন বড়ো হয়ে গেল। একদিন তোমার পড়া থেকে দেরি হয়ে গিয়েছিলো বোধহয়, আমিও ফিরছিলাম, রাস্তাটা নির্জন ছিল, তুমি হঠাৎ কিছু দেখে ভয় পেয়ে আমার হাত চেপে ধরেছিলে পরম বিশ্বস্ততায়। আমি তোমাকে আগলে রাখতে চেয়েছিলাম, আর ঠিক সেটাই কাল হলো! তোমার ছোড়দা ফির ছিল কোথা থেকে, চোখে পড়লো ওর, আর ও সঙ্গে সঙ্গে তোমার বাবা কে বলে দিলো! কিন্তু আসলে যে কিছুই হয় নি! কোনো কথাই শুনতে চাইলেন না তোমার বাবা! এক মুহূর্তে আমি যেন কত নিচে নেমে গেলাম ওদের চোখে! দোষ না

করেও দোষের ভাগী হলাম, মানুষ কে মানুষের ভুল বুঝতে সময় লাগে না বেশি! এই ভবিতব্য ছিল কি? তখন এই একবিংশ শতকের মতো এত খোলা মেলা সব কিছু ছিল না, তুমি যেমন অবাক হয়েছিল আমিও অবাক হয়েছিলাম! তোমার দাদার ব্যবহারে! এত অপমান করলেন তোমার বাবা, দাদা, ব্যাগ গুছিয়ে চলে এলাম এক বন্ধুর বাড়ি। পাঞ্জাব তখন কিছুটা শান্ত, পড়াশোনা শেষ করে আমি ওই কলেজেই ঢুকেছি পড়াতে! তোমার সাথে আবার দেখা হলো মাস্টার ডিগ্রীতে ভর্তি হতে এসেছো ওই উনিভার্সিটি তে, তখন বছর ২২ তোমার! তোমার বাবা, দাদার চোখ কে এড়িয়ে আসতে কিসের টানে? দেখা হতে লাগলো প্রায়ই, কিছুকি বোধ করেছিলাম আমি তখন? করেছিলাম, নিশ্চয়ই। অল্প বয়সে যাকে যার মনে ধরে যে যাই বলুক, তাকে আর ভোলা যায় না, তাই না!

ওঃ কি সুন্দর হাওয়া দিচ্ছে, সমুদ্রের গভীর নীল জল কি পরিষ্কার, এই দ্বীপ টা কেও সমুদ্র চিরকাল যেন আগলে রেখেছে বুকে, আমিও তো তাই চেয়েছিলাম তোমাকে চিরকাল আগলে রাখতে! দূরে একটি দুটি ছোট জাহাজ যাত্রী নিয়ে যাচ্ছে, আলো জ্বলছে, কেউ কেউ আবার সমুদ্র মোটর নিয়ে চলে যাচ্ছে, অপূর্ব প্রকৃতির রূপ এখানে, অপার প্রকৃতির দান, আমি অসম্ভব টানে পড়ে গেছি, চেষ্টা করছি অবসরের পরে এখানেই থাকবো কি বলো। নীল আমাকে তাড়িয়ে দেবে না, তোমার বাবার মতো? দুঃখ পেলে নাকি, একথা বললাম বলে! তুমি তো আমার সঙ্গেই আছো! থাকবেও চিরকাল! গুরুদেব বলেছিলেন না, ঘরেতে এলো না সে তো, মনে তার নিত্য যাওয়া আসা, আমার তো ঠিক তাই হলো!

যাই অনেক রাত হলো কাল লিখবো কেমন? ও, একটা হাসির কথা বলি, ফোনে শুনতে পেলাম আমার সহ কর্মীর বোধ করি বৌ এর সাথে ঝগড়া হয়েছে, তাই সে আমার সাথেই বেড়াতে এসেছে, পরের জন্মে আমরাও বেশ ঝগড়া করবো!

পাতা ৪

আজ পত্রিকার একটা লেখা শেষ করলাম, আর কলেজের কিছু কাজ দেখছিলাম, এই বয়সে এসে কত কথা মনে হয় মনে হয় তুমি যদি পাশে থাকতে মন খুলে কথা বলতে পারতাম! জীবন কি? প্রেম ভালোবাসাই বা

কি? সময়ের সমষ্টি, অভিজ্ঞতার সমষ্টি, আবেগ অনুভূতির সমষ্টি তাই না? যে অনুভূতিতে মনে হয় যাকে ভালোবাসি তার জন্য সব কিছু করতে পারি! আর তাই তুমি যখন অসুস্থ হলে তোমাকে রক্ত দিতে তো আমার কোনো বাধা ছিল না মনে, আমি কিছু নিম্ন বর্ণের আর তুমি উচ্চ বর্ণ, তোমার বিয়ে ঠিক হয়েছে তখন, আর বিয়ের এক মাস আগেই ধরা পড়লো রক্তে মারণ রোগ হয়েছে তোমার, কানাঘুসোতে খবর ছড়িয়ে গেল, ছেলের বাড়ি এক কথায় সম্বন্ধ বাতিল করে দিলো, আমি প্রত্যেক দিন যেতাম তোমার খবর নিতে, কি প্রয়োজন ব্যবস্থা করতাম আর সত্যি যেদিন তোমার যাবার সময় হলো, তার ২ দিন আগে তুমি খুব বিরক্ত হয়েছিল তোমার রক্ষণ শীল বাবা, দাদার ওপর, চোখ ভরা জল নিয়ে আমাকে দেখিয়ে পরিস্কার বলেছিলে, We love each other আর সেদিন তোমার বাবা, ছোড়দা আমার চোখের দিকে আর তাকাতে পারছিলেন না, ওনাদের হয়তো মনে হয়েছিল আমাদের আগেই বিয়ে হলে ভালো হতো! ভালোবাসার জয় হতো! কিন্তু বিয়েই কি ভালোবাসার শেষ পরিণতি? আমি তা বিশ্বাস করি না, আমি মনে করি, ভালোবাসা মানে মনের প্রসারতা, এই উদাত্ত প্রকৃতির মাঝে বসে আমার মনে হয় ভালোবাসলে লোকে হেসে হেসেও মরে যেতে পারে কারো জন্য, যদি তা প্রকৃত হয়! কোনো সংকীর্ণতার স্থান তো প্রকৃতিতে নেই, মানুষের মন এত সংকীর্ণ কেন? এত বিভেদ, জাত পাত, ধর্ম, ভেদাভেদ সব খালি নিজেদের বেশি বেশি বাঁচানোর জন্য! তাই না? দুটি মনের মিলন ই যে সত্যিকারের বিবাহ এই ধারণা আমাদের দেশে কবে আসবে? কবে উঠবে জাত পাত? আদৌ উঠবে কি? আমি তোমাকে ভালোবেসে ছিলাম সে ভালোবাসা আকাশের মতো প্রসারিত, সমুদ্রের মতো গভীর, প্রবাল সাম্রাজ্যের মধ্য লুকিয়ে থাকা গভীর গোপন মনি মাণিক্যের মতো! আকাশের তারা গুলো কি পরিস্কার লাগছে! আজ রাখি, রাত হয়ে এল!

পাতা ৫

কদিন পড়াশোনা তে ব্যস্ত হয়ে পড়েছিলাম, একটি পত্রিকাতে লেখাও দেওয়ার ছিল, রাগ করোনি তো, তোমাকে চিঠি লিখতে পারিনি বলে! সেই ইউনিভার্সিটি তে আমরা যে একটু দেখা করতাম, কোনোদিন তুমি আগে এসে যেতে, আর আমি দেরি করলে কেমন রাগ করতে, গোধূলি আলোতে, ফর্সা রঙে তোমাকে রাগ করলে কি যে ভালো লাগতো! ভুল করেছিলাম অমৃতা, তখনি তোমাকে নিয়ে ওই মরু প্রান্তরের দেশ থেকে যদি উড়িয়ে নিয়ে

যেতাম কোথাও, বা আমার মা এর কাছে ও নিয়ে আসতাম, আমার বাবা মা কোনো আপত্তি করতেন না, আমার খুশি তেই তারাও খুশি হতেন! জাত নিয়ে কি ভয় যে তোমার বাবা, দাদা দেখালো, আমার তো মনে হয় এই একবিংশ শতকেও কত ছেলে মেয়ে এর মাসুল দিয়ে চলেছে এখনো! এখানে ছোট্ট কটেজে আছি বড় গাছ, ছোট গাছ দিয়ে সুন্দর সাজানো ফুলের বাগান আর একটু দুরেই সমুদ্র! নারকেল গাছ নুইয়ে পড়েছে , হয়তো সব কিছুর সৃষ্টি কর্তা কে প্রণতি জানাচ্ছে। শুনেছি এখানে নাকি বিষাক্ত সাপ ঘুরে বেড়ায় আর কুমির আসে বিশ্রাম নিতে, কেমন হয় যদি আমাকে সাপে কামড়ায় বা কুমিরে ধরে! আমার দুঃখ হবে না, তোমার সাথে দেখা তো হবে!

পাতা ৬

পোর্ট ব্লেয়ার থেকে ছোট জাহাজে নীল এ যখন আসছিলাম চারি পাশে সমুদ্র জল তরঙ্গ যেন নাচ ছিল, কিসের আনন্দে অমু? মাথার ওপরে নীলাকাশ ঝক্ ঝক্ করছে দুরে সবুজ গাছ দিয়ে ঘেরা দ্বীপ কি আশ্চয রং, গাছগুলো সবাই একসাথে কিসের আনন্দে হাওয়াতে লুটিয়ে পড়ছে? কে আছেন আড়ালে? গোটা জাহাজে কত বয়স্ক লোক ও ছিল, কিছু লোক তো আনন্দে নাচানাচি করছিলো, হঠাৎ করে নোনতা জল এসে ভিজিয়ে দিচ্ছিলো, ভারী ভালো লাগছিলো জানো! এই বুঝি জীবন যেখানে ভয় নেই, চিন্তা নেই, সবাই কেমন চিন্তা মুক্ত হয়ে একসাথে আনন্দ করছে এই যে এক সাথে চলা, দেখে ভারী ভালো লাগছিল এই বিশাল সমুদ্রে হঠাৎ কিছু হয়ে গেলে একসাথেই মরবো সবাই! তাই তো চেয়েছিলাম অমু একসাথে বাঁচতে, একসাথে মরতে কিন্তু ভগবানের তাড়া ছিল তোমাকে আগে নেওয়ার! বেশ, আমিও আসছি হয়তো, কিছুদিন হলো শরীরটা ভালো যাচ্ছে না, রাখি কেমন, ঘুম আসছে খুব!

অমরেন্দ্র রায়, বয়স ৫৫, আগে পাঞ্জাবে ছিলেন তারপর শিলং কলেজে পড়াতেন, ওনার ডাইরি টি পাওয়া গেছে জানি না আরো আছে কিনা!

আমি অমল দাস, বয়স ৩০, ওনার সহ কর্মী, শিলং থাকি ২ জনেই। আন্দামান বেড়াতে এসেছিলাম ওনার সাথে, উনি ভারী ভদ্র, মিত ভাষী

একসাথেই আছি কদিন, পাশাপাশি ঘরে এলডোরাডো নামের এই রিসোর্টে। কাল দুর্ঘটনাটি ঘটে গেছে বেয়ারা চা দিতে গিয়ে দেখেছে আর উনি সাড়া দিচ্ছেন না! ঘুমের মধ্যেই চলে গেছেন ঘুমের দেশে, ম্যাসিভ হার্ট এটাক! বেড়াতে এসে কি কান্ড! একমাত্র আমিই পরিচিত ওনার, একসাথে কাজ করেছি কিছুদিন। সব ক্রিয়াকান্ড এখানেই সারতে হলো, উনি অবিবাহিত ছিলেন। খবর নিয়ে জানলাম আত্মীয় বলতে এক বোন আছে, ওনার ব্যাগটি পাঠিয়ে দেব বোনের কাছে। সন্ধ্যাবেলা ওনার ঘরে এই ডায়রিটি পেলাম, বুঝলাম যাকে ভালো বেসেছিলেন তিনি পাঞ্জাবি মহিলা, অনেক বছর আগে মারা গেছে! ওনার বোন বললো, অমৃতাদেবী মারা যাবার পরে উনি শিলং চলে আসেন।

আমি আধুনিক যুগের মানুষ, বয়স ৩০, Google Guy . বাস্তববাদী, কাজ করি, টাকা নি, সব কিছু জানা হয়ে গেছে বলা যায় Goole এর কল্যানে, আচ্ছা ভালোবাসা তাহলে সঠিক কি? এর সাথে শরীর, মন এর যোগাযোগ ঠিক কতটা? শরীরী আকর্ষণ কি সব? না মন ই আসল? প্রকৃত ভালোবাসা কি বিশেষ অনু ভূতি? বোট চলেছে পোর্ট ব্লেয়ার, পড়ন্ত সূর্যের আলো চারিদিকে ছড়িয়ে পড়ছে, ঢেউ ওঠানামা করছে! কত ভালো বেসে ছিলেন মেয়েটিকে, তাকে ভেবেই কাটিয়ে দিলেন সারা জীবন, যা আমাদের প্রাত্যহিকতার বাইরে!

আমি ১ বছর হলো বিয়ে করেছি, বিয়েরআগে এক জনের সাথে সম্পর্ক ও ছিল আমার, ছাড়াছাড়ি হয়ে গিয়ে আবার দেখেই লীনা কে বিয়ে করেছি। কিন্তু সামান্য কারণে মনো মালিন্য লেগেই থাকে, মাঝে মাঝে মনে হয় ডিভোর্স করে দি ওকে! এই ৫জি যন্ত্র যুগ কি আমাদের বেশি অস্থির করে দিলো! সব পেয়েও যেন অশান্তি আমাদের, আর কি অপার শান্তি তে চলে যাওয়া প্রিয়তমার কাছে!

ডায়েরির পাতা গুলো কেমন যেন ভাবাচ্ছে, লীনাকে পুরো ভালোবাসাতে না পারি, চেষ্টা তো করতে পারি কিছুটা! পোর্ট ব্লেয়ার ফিরে যাচ্ছি, চারিদিকে সমুদ্রের জলের ছলাৎ ছলাৎ শব্দ, সূর্য দেব অস্ত যাচ্ছেন হালকা, সোনালী আভা জলে ছড়িয়ে পড়ছে, এক অমৃত ময় ভালোবাসার কথা হঠাৎ জানতে পেরে, প্রকৃতির দিকে তাকিয়ে উত্তর খুঁজতে লাগলাম! ▢

ডাইরি ২

পাতা ১

অমৃতা, তুমি যেদিন চলে গেলে, কোনো অনন্তে, জানি না আকাশ, প্রকৃতির দিকে তাকিয়ে দেখেছিলাম সত্যি কোন জায়গা তে কিছু কম পড়েনি, যেমন ছিল তেমনি আছে, গুরুদেব লিখেছিলেন না কোথায়। এই অনন্ত মহাবিশ্বে কত প্রাণ প্রত্যহ আসছে, যাচ্ছে আমরা কিছু সময়ের কেবল সাক্ষী মাত্র! তোমার যেটুকু পরশ আমি চলার পথে পেলাম, তাতে তো কোনো ফাঁকি ছিল না অমু? উচ্চ বর্ণ, নিম্ন বর্ণ, সংকীর্ণ জাত পাত আমাদের এই

পার্থিব পৃথিবীতে আলাদা করে রাখলো! কিন্তু সত্যি কি আলাদা করতে পেরেছে? আমি শিলং এর কলেজে চলে যাবার আবেদন করেছি, তোমার মা খুব কান্না কাটি করছিলেন আমাকে ধরে, ঠিক কি সান্ত্বনা দেব বলো তো? আমার বাবা হঠাৎ চলে গেছেন মা একা। মা কে নিয়েই ভাবছি শিলং যাবো প্রকৃতির স্বর্গরাজ্য তাই! আজ রাখি কেমন!

পাতা ২

শিলং যাবার কথা বলেছিলাম না তোমাকে, পেয়ে গেছি অনুমতি, ১৫ দিন পরই ব্যাগ গুছিয়ে চলে যাবো মনে পড়ছে যেদিন এলাম, সেদিনের কথা! কতই বা বয়স হবে তোমার ১৭ বোধহয়, ২ টি বেণী ঝোলানো, গোলাপি রঙের সালোয়ার পড়া, আজ ও মনে আছে একটু যেন ভীত ভাব, কাকির সাথে এলে, কিন্তু সত্যিকারের ভয় তো তোমাদের রক্তেই নেই অমু, তার প্রমান ক দিন পরেই পেলামতোমার খোলামেলা হাসি তে! গরমে রুক্ষ প্রকৃতি তোমাদের দিকে, কিন্তু পাঞ্জাব প্রাকৃতিক দিক থেকে সম্পদে পূর্ণ, পরিশ্রম করতে পারে নারী পুরুষ, স্থানে স্থানে গুরুদুয়ার। আর অমৃতসর? আহা কি অপূর্ব! সোনা দিয়ে বাঁধানো, ঝক ঝক করছে সূর্যের আলোয়, একপাশে দুর্গা মন্দির, অপর পাশে বিশাল বাঁধানো জলাধার, মানুষের মনের কালিমাও যদি দূর হয়ে যেত অমন জলাধারে স্নান করে! কিন্তু তা তো হয়

না! চুপি চুপি বলি, তোমাদের হাতের বানানো দই এর লস্যি ও ভারী ভালো! এখন রাখি কেমন, কাজ আছে কিছু।

পাতা ৩

শিলং এসে গেছি ক দিন হলো, মা কেও নিয়ে এলাম, বোনের বিয়ে হয়েছে আসামে তুমি তো জানো। কি অপরূপ প্রকৃতি ছোট ছোট পাইন গাছ, পাহাড় কে জড়িয়ে উঠে রয়েছে, মা তো খুব খুশি এখানে এসে! গাছের ফাঁক দিয়ে যখন ভোরের সূর্যের আলো এসে পরে, মনে হয় এক নতুন দিনের সূচনা হলো, আনন্দিত সে দিন, আশা র সে দিন আশা নিয়েই তো আমরা বেঁচে থাকি তাই না অমু! উনিভার্সিটি ক্লাস ফাঁকে যখন আসতে আমার কাছে, কোথা দিয়ে যে সময় চলে যেত ভবিষ্যৎ ভাবতে তুমি, কোথায় থাকবো আমরা বিয়ে র পরে কোথায় বেড়াতে যাবো! মা, কাকি কেও নিয়ে যাবো এমনি তো ভাবনা ছিল! মানুষ ভাবে এক হয় আর এক! বাবা বলতেন। রাত হলো, পাহাড়ে কি পরিস্কার আকাশ দেখা যায়!অসংখ্য তারা নক্ষত্র কিসের আভাস নিয়ে আসে অমু? জানলা দিয়ে দূর পাহাড়ে ছোট্ট ছোট্ট বাড়িতে কত আলো দেখতে পাচ্ছি, প্রত্যেকটি বাড়ি, কত আশা, স্বপ্ন দিয়ে গড়া! আকাশের অসংখ্য তারা দেখতে পাচ্ছি! তুমিও আছো তো অমৃতা ওর মধ্যে!আমার ভালোবাসার রানী?

পাতা ৪

আজ বেড়াতে বেড়িয়েছি, জানো অমৃতা, মা কে নিয়ে, একটু এবার বিশ্রাম নেবার পালা তো এবার ওনার, গাড়ি করে যেতে যেতে দেখছি কি রূপ প্রকৃতির। একদিকে ছোট ছোট পাহাড়, অন্য দিকে উঁচু নিচু রাস্তা, আমাদের জীবনের রাস্তার মতোই কি? গাছের ফাঁক দিয়ে আলো এসে পড়ছে!

আমরা যাচ্ছি শিলং এর একটি জঙ্গল দেখতে, আস্তে আস্তে হাঁটতে হবে, সাপ আছে, হরিণ আছে আর আছে নানা গাছ তুমি রুদ্রাক্ষ দেখেছো তো! সেই গাছ দেখলাম আকাশ ছুঁতে চাওয়া উচ্চতা তার! সত্যি কি কেউ কখনো পারে আকাশ ছুঁতে? সব সীমানা ছাড়িয়ে যেতে পারে? চারিদিকে

সবুজ, কি অপূর্ব চোখ যেন জুড়িয়ে যাচ্ছে, বড় বড় গাছের লতা একে ওপর কে জড়িয়ে বাঁচছে কত দিন, রাত, মাস বছর, হয়নাতো কোনো মনো মালিন্য! হানাহানি রক্তারক্তি! মানুষের চরিত্র এমন কেন অমু? সামান্য স্বার্থে ঘা পড়লে ই আঘাত করে?

পাতা ৫

আজ চেরাপুঞ্জি থেকে ফিরলাম, সেই ছোট বেলায় বই এ পড়া চেরাপুঞ্জি, পড়তে গেলে কি আশ্চয লাগতো! সারা বছর নাকি মেঘে ঢেকে থাকে, বৃষ্টি হয় আবার সূর্য ওঠে, এতদিনে দেখতে পেলাম! কত উচ্চতায় মৌনী পাহাড় দাঁড়িয়ে কিসের ধ্যান করে অমু? মানুষের সুখ দুঃখে কিছু যায় আসে কি প্রকৃতির? বুকে ফোঁটা ফোঁটা রক্ত ঝরে? প্রত্যহ? না কেবল মানুষেরই ঝরে?

৭ টি ঝর্ণা দেখতে পেলাম, সেভেন সিস্টার্স বলা হয় এদের কিছু কিছু দুরত্বে বয়ে চলেছে নিজের খেয়ালে, একটি গ্রাম দেখলাম, এশিয়ার সব চেয়ে পরিচ্ছন্ন গ্রাম, অসংখ্য গাছ গাছালি তে ভরা, নাম না জানা কত ফুল যে ভরে আছে! মুনি ঋষি দের মতো যদি কাটিয়ে দিতে পারতাম এখানে? আমি তো সন্ন্যাসী! তুমি কি আবার সেজে এসে ধ্যান ভঙ্গ করতে নাকি আমার? আমি কিন্তু সহজে ধরা দেবার পাত্র নই!

পাতা ৬

মানুষ খুব সাহসী, তাই না অমু! পাথর কেটে কেটে কেমন রাস্তা বানায়। গুহা ও কি কিছু কিছু বানায়? কত কত স্তর আছে পাথরের, কত রং তার কত রূপ! মানুষের ও থাকে মননে, চিন্তায়! জানি না সেই অসীম ক্ষমতা ধরের কত ক্ষমতা সবই যদি তিনি পারেন, সব ই তিনি যদি জানেন, মাঝে মাঝে মনে হয়, খুব কি দরকার ছিল এক ক্ষুদ্র মানুষের সহন শক্তি র পরীক্ষা নেবার?

কত রং বেরেঙের ফুল এখানে অর্কিড পর্যন্ত! কি বা রঙের বাহার, ফুল দেখে খালি তোমার কথা মনে পরে, কাল সকালেই তো ঝরে যাবে, কিন্তু

আজকের দিনটাকে সার্থক করে তোলার কি আকুতি! ঠিক যেন তোমার মতো! প্রচুর বৃষ্টি হঠাৎ, আমার মন ও ভারাক্রান্ত কিছুটা তোমাকে ভেবে!

পাতা ৭

বোন থাকে গৌহাটি তে, ওখানে ভারী সুন্দর কয়েকটি পার্ক আছে, পেলিক্যান্ বসে থাকে কত, কামাখ্যা মন্দিরে পুজো দিলাম বোন, মা কে নিয়ে, তারপরে আমি আর ভগ্নিপতি গেলাম কাজিরঙ্গা। এশিয়ার সু বিশাল জঙ্গল, কয়েকটা দিন থাকবো সংলগ্ন হোটেলে, জঙ্গলের কি প্রসারতা! কি অদ্ভুত মেজাজ শাল, সেগুন মহুয়া, কুল, অশথ বট, অর্জুন, কি গাছ নেই সেখানে!

জিপ সাফারি তে গিয়ে দেখলাম গন্ডার এর দল ঘুরে বেড়াচ্ছে নিশ্চিন্তে, কি শান্তি মা র সাথে বাচ্চা ঘুরছে, হাতি রা স্বচ্ছন্দে বড়ো বড়ো গাছের পাতা খেতে ব্যস্ত, হনুমান দল বেঁধে রয়েছে, কত নাম না জানা পাখি ওড়াউড়ি করছে, বুনো শুয়োরের দল, মহিষ রা ঘুরে বেড়াচ্ছে, বিশাল বড়ো জলাশয়ে জল খাচ্ছে! কি নিশ্চিন্ত স্বাধীন আনন্দময় জীবন!

৬ ফুট বিষাক্ত কিং কোবরা ও অজগরের ও মুখ মুখি হয়েছি মাত্র ৩ ফুট দুরত্ব থেকে! মা প্রকৃতি কি অপরিসীম স্নেহের পরশে সবাই কে লালন পালন করছেন, এদের মধ্যে তো খাবার জোগাড় টুকু ছাড়া আর কোনো সময় হিংসা দেখা যায় না! মানুষের এত হিংসা কেন? কেন এত বিভেদ? একে ওপর কে ছাড়িয়ে যাবার অস্বাস্থ্যকর প্রতি যোগিতা? এখানে বাঘ ও আছে . আমরা অবশ্য দেখা পাইনি, পৃথিবীতে বাঘের সংখ্যা কমে যাচ্ছে, মানুষ জাতি কিন্তু বিপর্যয়ের দিকে যাবার কথা, জানো তো, শেষের সেদিন ভয়ঙ্কর হয়ে উঠবে, কবেই গুরুদেব বলেছিলেন, সেই দিকেই এগোচ্ছি আমরা!

পাতা ৮

শিলং এ কত জায়গা তে ঝর্ণা বইছে স্বতঃস্ফুর্ত ভাবে, প্রকৃতির কি আশ্চর্য সৃষ্টি সুবিশাল জল ধারা নেমে আসছে, পাহাড়ের কোল বেয়ে গাছ কত রকমের, ফার্ন, ফুলের সমারোহ,কাদের জন্য বানিয়েছেন বিশ্ব পিতা?

নাকি আপন খেয়ালে রচনা করেছেন? লিভিং রুট নামের জায়গা তে তে কত বড়ো বড়ো গাছ যে জড়িয়ে আছে পরস্পর কে, সহস্র বছর বোধ করি, কত ঝড় জল ভূমিকম্প র সাক্ষী, কিন্তু একে ওপর কে ছেড়ে যায় নি কোথাও! আর আমরা মানুষ রা? জাতের ভেদাভেদ, কত কি সমস্যা কে ইচ্ছা কৃত ভাবে জিইয়ে রেখে দি নিজেদের স্বার্থে? কত যুগ চলে যায়, সমাধান হয় না!

আমি অমল দাস, বয়স ৩০ কলেজে পড়াই, অমরেন্দ্র রায় বয়স ৫৫, আমার সহকর্মী, যিনি হঠাৎ মারা গেছেন তারই লেখা, আবার এই কটি পাতা পেলাম ওনার ডায়েরি থেকে, বুঝতে পারলাম এক তাজা বাঙালি তরুণ আর একটি পাঞ্জাবি মেয়ে, উভয়ে উভয়কে পছন্দ করতো, ভালোবাসতো সংকীর্ণ জাতের জন্য বিয়ে হয় নি, কিন্তু তাকে ভুলতে পারেনি এই অমরেন্দ্র দা!

ভালোবাসা কি এমনি হওয়া উচিত? কত ছোট ছোট জিনিস নিয়ে মনো মালিন্য হয় আমার জীবন সঙ্গী লীনার সাথে, মাত্র এক বছর হলো বিয়ে হয়েছে, ওকে বোঝার চেষ্টা তো করিনা কোনো দিন, ও ও আমাকে নিশ্চয়ই শ্রদ্ধা ও করে না, ভালোবাসা তো দূরে থাক।

প্রকৃত ভালোবাসা কি হীরের দ্যুতির মতো? যার সামান্য আভাস পেলেই জীবন টা কাটিয়ে দেওয়া যায়! লীনার ও মন আছে,, স্বামী হয়েছি বলেই সারা দিন ধরে আমার সব চাহিদা পূরণ করে নেবো, ওকে বোঝার চেষ্টা করবো না, একটুও, এটা কি ঠিক করেছি? ও তো নিজের বাবা মা কে ছেড়ে এসেছে! নিজে কে কেমন যেন ছোট লাগছে, যে জিনিস সহজ লভ্য, তা আমরা বুঝতে চাই না হারিয়ে গেলে তার মূল্য বুঝি!

লীনা তো আমাকে অকারণে কোনো দিন বিরক্ত করে না আমি কি নিজেই অবুঝ? যন্ত্রের মতো? অফিসের কাজে ব্যস্ত থাকি, চেষ্টাও তো করিনি কোনো দিন, ওকি ভালোবাসা কি কি পছন্দ করে জানতে! ঝগড়া করে ওকে নিয়ে আসিনি বেড়াতে, এ কি ঠিক করেছি? আর এই অমরেন্দ্র দা? এই স্বল্প জীবনে মানুষ অল্প দিনেও মানুষ কে কত ভালোবাসাতে পারে সেই ভালোবাসা মনে রেখেই কাটিয়ে দিতে পারে বাকি জীবন! দ্রুত গতি, সভ্যতা কি আমাদের থেকে শান্তি কেড়ে নিলো অনেক টা? ডায়েরি র পাতা ক টি কেমন যেন ভাবিয়ে তুললো! ❑

ডায়েরি ৩

পাতা ১

অমৃতা অনেকদিন পাহাড়ে এসে থাকার ইচ্ছা ছিল, তুমি তো জানো, কিছুতেই সুযোগ হচ্ছিলো না, এবার গরমে কলেজ ছুটি, সোজা কালিম্পঙের এই মন হোম স্টে তে থাকবো বলে ঠিক করেছি, মাঝে মাঝে জায়গা পরিবর্তন দরকার, কি বলো? শিলিগুড়ি থেকে আসার পথে কত অভিজ্ঞতা হলো জানো। রাস্তা বন্ধ ছিল, আমাদের ঘুরে আসতে হলো, আমি গাড়ি চালাতে জানলেও পাহাড়ি রাস্তায় গাড়ি চালানো সম্পূর্ণ আলাদা! সামান্য অন্য মনস্কতায় দুর্ঘটনা হয়ে যেতে পারে চলতে চলতে আশ্চয ভাবে কত কথা মনে হচ্ছিলো যদি সরাসরি হাই ওয়ে ধরে আসতাম, হয়তো মনেই আসতো না এই কথা গুলো, পাহাড়ের গায়ে কত ছোট ছোট ফুল ফুটে আছে, সূর্যের দিকে তাকিয়ে, কি দৃপ্ত তার ভঙ্গি!কি সার্থকতার আনন্দ!বিশালত্ব কে আঁকড়ে রয়েছে, ছোট্ট বলে তার আত্মবিশ্বাসে এতটুকু চিড় খায়নি, বড়ো বড়ো গাছ যেমন স্ব মহিমায় দাঁড়িয়ে আছে, ছোট ফুলও তেমন নিজের গৌরবে গৌরবান্বিত, তোমার আর আমার জীবনও কি এমন? এই মহাবিশ্বে ছোট্ট ফুলের মতো? নাইবা হলো একসাথে চিরকাল থাকা! স্বল্প দিনে তোমার যে পরশ আমি পেয়েছি তা ই তো অমৃত, অমৃতা! চোখে পরে, কানে ও আসে, পাশা পাশি কত বছর থাকে কত দম্পতি! হয়তো ৩০ বা ৪০ও, জাতের অমিল থাকে না তাদের! কিন্তু একে ওপরের প্রতি ভালোবাসা তো দুরে থাক, সামান্য শ্রদ্ধা ও নেই, ওই ভাবেই কেটে যায় বছরের পর বছর!আমার তো ভাবলেই দম বন্ধ লাগে অমু!

পাতা ২

পাহাড় যে কত কি শেখায় মানুষ কে, এই হোম স্টে টি অজস্র গাছ গাছালি তে ভরা, কত নাম না জানা পাখি যে এসে কিচির মিচির করে ভোরবেলা, দূরে দেখা যায় স্তব্ধ মৌন পাহাড় বরফাবৃত, ভোরের আলো যখন এসে পড়ে পাহাড়ের কি অপূর্ব রং!ভোরের সাথে সাথে সমস্ত প্রকৃতিও যেন আনন্দে উদ্বেলিত হয়ে ওঠে! কি পবিত্র নিখাদ এ আনন্দ! তোমার

আমার ভালোবাসার মতো কি! আর পাহাড়ি ফুল? যেমন তার বৈচিত্র্য, তেমনি সৌন্দর্য, তেমন রং। এখানে আছি বেশ কিছুদিন হলো, গাড়ির ড্রাইভার কেও দেখি দিনের শেষে কিছু বাজার যেমন করে তেমনি কিছু ফুল ও কিনে বাড়ি যায়, সৌন্দর্য বোধ না থাকলে কেউ এমন করে নাকি সামান্য রোজগারে?

ছোট্ট ছোট্ট পাহাড়ি বাচ্চা গুলো দেখি পিঠে ব্যাগ নিয়ে হাসি মুখে পাহাড়ি সিঁড়ি বেয়ে কিভাবে উঠছে!রাস্তার পাশ দিয়ে হেঁটে যাচ্ছে ঠিক ভাবে, যে রাস্তা একপাশে সংকীর্ণ, একপাশে ভয়ঙ্কর খাদ, পড়লে মৃত্যুর হাত ধরতে হবে মুহূর্তের মধ্যে! কত দূরে দূরে দোকান এখানে, কোনো কিছু আনতে গেলেও কত পরিশ্রম করতে হয়! ছোট্ট থেকেই কি এরা শিখে যায় কঠিন জীবন কে সহজ ভাবে নিতে!হবে হয়তো! সারা দিন কাজ করে রাতের বেলা পাহাড়ে যখন দেখে আকাশের অজস্র তারা চুপ করে তাকিয়ে আছে তাদের দিকে, কোন অসীম অজানা স্থান থেকে সহমর্মিতার, শান্তির বার্তা দিচ্ছে যেন!পাহাড়ি লোক রা বোধকরি তাদের কাছেই সব সুখ দুঃখের কথা উজাড় করে দেয়! আবার সকালের উদাত্ত প্রকৃতির মহিমা র সামনে নিজেদের দুঃখ কে হয়তো খুব ছোট লাগে হয়তো! আমার মনে হয় জানো, প্রতিটি মানুষের কিছুদিন পাহাড়ে এসে থাকা উচিত। আমিও অনেক কিছু শিখছি ওদের থেকে!

পাতা ৩

দাম্পত্য কি অমু? ২ জনে একসাথে সুখে দুঃখে থাকা, তাই তো! বিপদে আপদে একে ওপরের হাত ধরে চলা, আমার নিজের বাবা মা কে দেখেছি সহজ সরল বিশ্বাসের সম্পর্ক ধরে রাখতে সারা জীবন!আমার তো ঠিক তোমার সাথে থাকার সুযোগ হলো না, ভুল বললাম, তুমি আমার সঙ্গেই আছো, আচ্ছা আমরা কি ঝগড়া করতাম জোরে? কলেজের নিরাপত্তা রক্ষী রামধনিয়া র মতো, তারপর তুমি, ওর বৌ এর মতো রেগে হাতের বেলনা দেখালে আমি রামের মতো হাতের লোটা নিয়ে রামা হো, বলে গান করতে করতে দূরে চলে যেতাম! আবার ফিরেও আসতাম ঠিক!

তোমার হাতের পুরি আচার খেয়ে আকাশের একফালি চাঁদ কে সঙ্গে নিয়ে ২ জনে ঘুমিয়ে পড়তাম, তবে ছেড়ে কিন্তু যেতাম না কেউ কাউকে!

হয়তো কোনোদিন খবর আসতো হঠাৎ তোমার প্রিয়জন কেউ বাবা বা মা চলে গেছেন অনন্তে, তুমি ভেঙে পড়তে সান্ত্বনা দিয়ে বোঝাতাম তোমাকে, ভালো বেসে কয়েকদিনের পুরি, আমি ই বানাতাম, সেগুলো অবশ্য আফ্রিকার মানচিত্রের মতো অনেক টা দেখতে হতো, তুমি কান্না থামিয়ে এগুলো দেখে আবার হেসে ফেলতে! কেমন হতো অমু?

পাতা ৪

টাইগার হিল গেছিলাম, রাত ৩ টের সময় গাড়ি চলতে শুরু করলো, পাহাড়ি রাস্তা বেয়ে, সাথে কালো আকাশে ফোটা অসংখ্য তারা সাথী, নিকষ কালো অন্ধকার সামনে শুধু গাড়ির আলো, পাহাড় দেখে এই প্রকান্ড পৃথিবীর অশেষ বৈচিত্রের মধ্যে নিজেকে একটি বিন্দুর চেয়েও ক্ষুদ্র লাগে! তারা গুলো যেন অভয় বাণী প্রদান করে ঈশ্বরের মতো, বলে ভয় নেই, আমি আছি! টাইগার হিল!সূর্যোদয় সবচেয়ে কি অপূর্ব এখানেই? জানি না! সূর্য ওঠার আগে তার হালকা সোনালী আভা ছড়িয়ে দিচ্ছে বরফাবৃত পাহাড়ে! সে যে কি অপূর্ব! জীবনে কত কি না পাওয়ার বেদনা যেন ভুলতে শুরু করলাম তারপর সূর্য দেব সম্পূর্ণ ওঠার আগে চারিপাশের অসীম প্রকৃতি জুড়ে শুরু হলো হালকা সোনালী, কমলা, লাল রঙের খেলা! অন্ধকার সরিয়ে কে যেন রাশি রাশি রঙের গোলা ছুড়ে দিতে লাগলো! আস্তে আস্তে লাল কুসুম, সূর্যদেব অবতীর্ণ হলেন!কয়েক টি মুহূর্ত বোধ করি, সে যে কি দৃশ্য অমু!ঠিক ভাষাতে বোঝাতে পারবো না, ভারী মন কেমন করছিলো জানো, মা এর জন্য, ওনাকে সাথে আনতে পারিনি তো!

কিছু লোক সূর্য ওঠার সাথে সাথে হাততালি দিলো, কেউ আবার সিটিও বাজালো! বুঝতে পারলে! সবাই তো আর আমার মতো মন সর্বস্ব হয় না! খাবার সময় হলো, রাখি কেমন!

পাতা ৫

অল্প ঠান্ডা পড়েছে এখানে, কিছু লোক দেখি রাত্রিবেলা আগুন পোহাচ্ছে, গান গাইছে হাততালি দিয়ে, একদিকে স্তব্ধ প্রকৃতি মৌনপাহাড়, ওপরে বিশাল হীরের কুচি ভেঙে যে তারা দের ঈশ্বর তৈরী করেছেন তারা

ছড়িয়ে আছে সবাই, যেন মাটির এই নশ্বর পৃথিবীর মানুষ নামের পুতুল গুলোর অভিনয় দেখছে মনো যোগ দিয়ে! তোমার আমার ভালোবাসা কিন্তু ওই তারা দের মতোই নিখাদ, এতটুকু মিথ্যা নেই তার মাঝে!

হাসির কথা বলি, এখানে বেশ বাঁদর আসে মাঝে মাঝে হঠাৎ করে খাবার যা পায় তুলে নিয়ে যায়! আর মাঝে মাঝে এত জোরে ডাকাডাকি করে মনে হয় দল বেঁধে হাসছে ওরা! আমার যেন মনে হয় সর্ব শ্রেষ্ঠ মানুষ নামের এই জীবের সংকীর্ণতা, হিংসা, নির্বুদ্ধিতা, বিভেদ বুদ্ধি সব দেখে ওরা হাসা হাসি করে!

পাতা ৬

পাহাড়ে অনেক দিন থাকলাম জানো এবার ফিরছি অমু, পাশের উঁচু পাহাড়ি গাছ গুলো কি প্রাণ শক্তি তে ভরপুর, আজ আকাশ পরিস্কার কিন্তু হঠাৎ করে মেঘ এসে দৃশ্য মানতা কমিয়ে দিচ্ছে, মেঘ রৌদ্রের লুকো চুরি দেখতে দেখতে চলেছি, অল্প বৃষ্টি হয়েছিল বোধ হয়, এখনো গাছের পাতায় পাতায় দুই এক ফোঁটা জলের বিন্দু দেখা যাচ্ছে, জীবনের খেলায় তুমি যে হঠাৎ হারিয়ে গেলে, এ যেন তোমার চোখের জলের মতো অমু! থাক, এগুলো বেশি বললে তুমি আবার রাগ করবে, আমি যে কথা দিয়েছি তোমাকে, আমি মন খারাপ করবো না কোনো সময়, নিজেরখেয়াল করবো, তুমি জোর করে এ কথা আদায় করেছো আমার থেকে!

মিরিকের রাস্তায় কত কথা যে মনে হচ্ছিলো! সূর্যদেব অস্ত যাচ্ছেন, গোধূলির আলো সমস্ত প্রকৃতিতে ছড়িয়ে পড়েছে চা বাগানে, পাহাড় কেটে বানানো ঘোরানো রাস্তায়, কি অপূর্ব লাগছিল! পাহাড়ের কোলে আগুনের গোলা আস্তে আস্তে ডুবে যাচ্ছেন, কর্ম ক্লান্ত মানুষ কে নতুন আশার বাণী শুনিয়ে! এবার একটা অন্য কথা বলি শোনো, আমারই কলেজের এক সহ কর্মী, নিজেরা ভালো বেসে বিয়ে করেছিল বয়স ৩২, ২ বছর পর ডিভোর্স হলো, আবার সহকর্মী টি তার পরিচিত একজন জন কে বিয়ে করেছে, নিমন্ত্রণ করেছিল আমাকে, এখানে আসার আগে, দুবারই কলেজ এর সহ কর্মী দের সাথে গিয়েছিলাম, সামাজিকতার খাতিরে! একবিংশ শতক!মানুষ কত অস্থির, যদি মনে হয় সব চাহিদা পূরণ হচ্ছে না ঠিক মতো, তাকে ত্যাগ

করতে দুই বার ভাবে না কেউ! আমি তো শিউরে উঠছি মনে মনে এমন ঘটনায়!

যে ভালোবাসা মানুষ কে যন্ত্রের মতো সুবিধাবাদী তৈরী করে, অবুঝ বানায়! স্বার্থের সঠিক পূরণ হলো না বলে হিসেব কষে, তাহলে আর ভালো বাসি বলে শব্দটার অপমান করা কেন? আমি না হয় পিছিয়েই রইলাম যুগের চেয়ে! মিরিক ছেড়ে শিলি গুড়ি র রাস্তা তে গাড়ি, এখন রাখি কেমন!

আমি অমল দাস একবিংশ শতকের, google এর যুগের মানুষ বয়স ৩০, উনি আমার সহ কর্মী! আরো ক টি পাতা পেলাম অমরেন্দ্র দার ডায়েরি থেকে! ভালোবাসা কি চুপি চুপি আসে? না রাজার মতো আসে? ওনার কি ভাবে এসেছিলো? আমার মনে হয় ওনার ভালোবাসার আগমন ছিল রাজকীয়! ভারী সুন্দর তো এই ভালোবাসা, ফুলের মতো পবিত্র, সন্ধ্যা তারার মতো স্নিগ্ধ, যার রেশ নিয়েই উনি সারা জীবন কাটিয়ে দিলেন! দিতে পারলেন! আর আমি? কোথাও কি ভুল হয়ে গেল? নাকি সব কিছু সহজে পেতে পেতে আমাদের চাহিদা আরো বেশি হয়ে গেল? আমাদের এই শতকের ছেলে মেয়েদের?

অকারণে তিরস্কার করি লীনাকে, মাত্র ১ বছরের বৌ সে, কোনো কিছু তে গাফিলতি দেখলেই ওকেই দায়ী করি! কেন? এই ইঁদুর দৌড়ে আসলে বাইরে সর্বদা পেরে উঠি না, তাই জন্য কি? আমি যেমন ওকে বিশেষ পাত্তা দি না, ও ও যদি কারো সাথে সম্পর্ক তৈরী করে চলে যায় আমাকে ফেলে! ও তো এই যুগের মেয়ে, ছোট খাটো একটা চাকুরিও করে, আমি তো আরেকটু যত্ন শীল হতে পারি! সম্পর্ক ভালো রাখার দায় তো উভয়ের ই!

আমি নিজেকে পরিবর্তন করবো, অমর দা! আপনার মতো হয়তো পারবো না, কিন্তু চেষ্টা আমি করবোই, কোনো কিছু ভাঙা খুব সহজ কিন্তু গড়া খুব কঠিন, মা বলেন। অতিরিক্ত চাহিদা, ব্যস্ততা, দ্রুতগতি সব কিছু বোধ করি সামাজিক ভাঙ্গনের মূল! ঠিক জানি না, সমাজ তাত্ত্বিক রা বলবেন এর উত্তর, অন্ধকার সমুদ্রে বোট চলেছে, সামান্য দুরেই আলোকিত পোর্ট ব্লেয়ার দেখা যাচ্ছে, আমারও মনের অন্ধকার যেন দুর হয়ে যাচ্ছে, বোট থেকে নেমেই লীনা কে ফোন করবো, কি জানি একা ও কেমন আছে ক দিন! বাড়ি ফিরতে হবে আমাকে তাড়াতাড়ি, ডায়েরি গুলো বরং আমার কাছেই থাক! ❏

সন্দেহ

হিরণবাবু বুদ্ধদেবের মতো গৃহত্যাগী হবেন। না,না, আর এ বাড়ি নয় সন্ন্যাসী,হবেন তিনি! তা কোথায় যাবেন? একেবারে হিমালয়? নাকি কোনো দুর্গম অঞ্চলে? আন্দামান গেলেও তো হয়!পায়ে হেঁটে পুরী যাবেন, তারপর ডুব সাঁতার!তাই ভালো তার! যার সঙ্গে এতদিন ঘর করলেন, সে কিনা তলে তলে এত? একেবারে তার বাল্য বন্ধুর সাথে? ছি ছি!এই তো তার ষাট বছর হতে মাত্র দুই মাস বাকি। তিনি ইতিহাসের শিক্ষক, কত সুন্দর পড়ান!সবাই ভালোবাসা তাকে। কত মানসম্মান তার এই শান্তিপুরে। সরাসরি অবশ্য তিনি কিছু দেখেন নি!কিন্তু বলা যায়?

ভাবলিস, তিনি একমাস ধরে খেয়ালকরেছেন!তার এই বিমল বন্ধুটি অবসর নিয়েছেন। শান্তিপুরে দুজনের বাড়ি। এই পাড়া আর ওই পাড়া। ওনার এক পুত্র, এক কন্যা আর বন্ধু বিমলের একটাই পুত্র। তবে কিনা বিমল বিপত্নীক। ছেলে যখন কলেজে পরে বৌদি হঠাৎ মারা যান। তাই বলে এই? তার বৌ এর দিকে হাত বাড়ানো? এমনি তে তো রোজ কত হাসি গল্প, খাওয়া দাওয়া লেগেই আছে তার বাড়ি। তিনি অবশ্য এসবে কিছু মনে করেন না!

তার বৌ রুমা বেশ সুন্দরী, গোলগাল, ফর্সা, কোঁকড়া মাথার চুল, টানাটানা চোখ। বরং তিনিই একটু বেঁটে, মোটা, কালো। আবার ভুঁড়িও হয়েছে আর মাথার চুল সব পড়ে বিশাল টাক হয়েছে। হোক গো!তিনি কি কিছুই দেন নি বৌ কে? বাড়ি করে দিয়েছেন, সব টাকা পয়সা, এমন কি ব্যাংক বই ও সব রুমার কাছে। তিনি অবশ্য স্কুল আর বাড়ি আর খাওয়া আর ঘুম এই করে গেছেন, প্রায় তিরিশ বছর ধরে!

রুমা তার বাবা, মা, কে দেখা, বাড়ি মেরামত, ছেলে মেয়ে বড়ো করা, সব সামলেছে। তিনি তো শুধু টাকা দিয়েই কর্তব্য সেরেচেন। তা তিনি যে একটু আয়েশি তা সবাইজানে, এমনকি তার বাবা-মা ও। এমনও হয়েছে যে তার মা কে ডাক্তার দেখাতে তিনি নিয়ে যান নি, নিয়ে গেছে রুমা। আর সেই জন্য রু মা এমন করে প্রতিশোধ নিলো? শেষ বয়স এ তাকে কে দেখবে? হায়, মা-বাবা কি মেয়ে দেখে তাকে বিয়ে দিয়েছিলো?

অসময়ে তিনি স্কুল থেকে চলে আসেন। শরীর ভালো নেই বলে। আর এসে কি দেখেন? ঠিক! যা ভেবেছেন তাই। বিমলে এসে বসে আছে। খাচ্ছেও মনে হলো দারুন সব পদ। ছি ছি, তিনি তো ডাঁটাচচ্চড়ি আর বাটা মাছ খেয়েই স্কুল গেলেন। ইলিশ কখন এল? কে আনল? আর তার এই আলসেমির জন্য, না কি জন্য বাড়ির চাকরটাও ওই দলে। দুজনের কত হাসি গল্প!তিনি তো নিজের কানেই শুনতে পেলেন এমন কি শেষ কথাও কানে এল। তাহলে কবে যাবে? বাহ্, চমৎকার! বুড়ির পালানোর তারিখ তাহলে সব ঠিক। তাকে দেখে বিমলে আবার বলে "এই যে আয়। শরীর ভালো তো? অসময় এলি যে," "এলাম তাতে তোর কি? " গম্ভীর হয়ে তিনি ঘরে ঢুকে যান। বিমলে কেমন নির্লজ্জমতো হাসতে লাগলো!

আশ্চর্য, কি করবেন তিনি? ছেলে কে জানাবেন সব? লাভ হবে কি? বলবেন কি? তোর মা একজনের সাথে চলে গেছে? ছি, এতো ভারী লজ্জার কথা। ছেলে নিজের চাকুরী নিয়ে ব্যস্ত। তিনি মরে গেলেও ছেলে কে কিছু বলতে পারবেন না। আর মেয়ে? সে তো হোস্টেল থাকে, আর. জি. করে, সে মেডিকেল পড়ে। হায়, সে যদি শোনে তার মায়ের এই কথা?

তাহলে আসি। কাল আসবো। তুমি তৈরী থেকো। কি?! এত তাড়াতাড়ি? তার মাথা এবার গরম হতে থাকে!

দরজা বন্ধ করেন তিনি। আলমারি খোলেন। ব্যাঙ্কের বই সব দেখতে হবে। টাকাপয়সাযদি তিনি বাজেয়াপ্ত করেন, পঞ্চাশ বছরের বুড়ি টা কি করে তিনি দেখতে চান!কিন্তু কই? টাকা তো খুব বেশি কমেনি মনে হয়। তবে একটা নতুন সোনার হার তিনি দেখতে পাচ্ছেন। কবে কিনলো এটা? বিমলে দিয়েছে। বাহ্! ওমা; একটা পঞ্জিকাও রয়েছে আলমারি তে। লাল কালি দিয়ে আবার গোল করা সামনের মাসের একটা বিয়ের তারিখ। বাহ্, চমৎকার! ভাগ্যিস তিনি দুপুরে এসে পড়েছিলেন! কি করবেন তিনি?

তার বাবার একটা পুরোনো দোনলা বন্দুক আছে। চালিয়ে দেবেন নাকি? কিন্তু চালাবেন কি করে? আসলে তিনি তো খুব ভীতু মানুষ। আরশোলা দেখেই তার কেমন লাগে। তিনি দরজা বন্ধ করে শুয়ে পড়েন। সন্ধ্যে হয়ে গেছে। জানলা দিয়ে দেখা যাচ্ছে পূর্ণিমার চাঁদ। ইস! তিনি যে চা খেতে এত ভালোবাসান, কারো কি খেয়াল আছে সেকথা? বুড়িটা তো আবার ঠাকুর ঘরে থাকে এই সময়ে। হু, ভড়ং তো ভালোই জানে। হতভাগা

চাকরটাও গেলো কোথায়? রোজ এই সময়ে তারা দুজনে বারান্দায় বসে চা খান। আর, আজ?

কত স্মৃতি দুজনের!তার তিরিশ বছরের বিয়ে করা বৌ, আর একজনের সাথে চলে যাচ্ছে!গয়না পর্যন্ত কেনা হয়েছে তাকে না জানিয়ে। আর বিমলে? তারই বা কি আক্কেল? তোর ছেলে আছে উপযুক্ত, কোথায় তুই তার বিয়ে দিবি, তা নয়, তুই কিনা পরের বৌ এর দিকে হাত বাড়াবি? স্বর্গগতা বউদি কি তোকে ছেড়ে দেবে? দূর দূর, ঘৃণা ধরে গেল জীবনে!

যাক, তিনি তো সন্ন্যাসী হবেনই। তার আর কি দরকার এসবে! রুমাকে কে কি সুন্দর দেখতে লাগতো বিয়ের পর, মুখে হাসি,ফর্সা, হাসলে আবার গালে টোল পড়ে। তার বাবাতো মা ছাড়া কথাই বলতো না। সেই মেয়ের মনে এত? কাউকে তিনি মনের কথা বলতেও পারেন না।

কিন্তু একমাস ধরে তিনি যা আন্দাজ করেছেন, কাল, কালই তা ঘটতে চলেছে। বন্ধু? তা বিমলে ছাড়া বন্ধু, মানে বিশেষ বন্ধু তার নেই। তাও তিনি একবার স্কুলে এক মাস্টার মশাইকে, যাকে একটু কাছের ভাবেন, বলতে চেষ্টা করেছিলেন। সেই মাস্টার হরিবাবু এমন অবাক হয়ে তাকিয়ে রইলেন তার দিকে!দূর দূর! কেন তিনি কি কিছু ভুল বলেছেন?

আবার তাকে উপদেশও দিলেন, তার নাকি ঠান্ডা জল বেশি খাওয়া দরকার! মরুকগে। যাকে সন্ন্যাসী হয়েই কাটাতে হবে,তার আবার খাওয়া? তিনি যে পায়েস, মাংস, রাবড়ি খেতে ভালোবাসেন সব জুটবে এবার ওই বিমলের কপালে। দুঃখে চোখে জল চলে আসে তার। কালই পাড়ার লোক আত্মীয়, ছেলে, মেয়েও জানবে যে তাদের মা....ইস। তিনি আর ভাবতে পারছেন না!

টুক করে দরজা খোলার আওয়াজ হলো। চা এনেছে বোধ হয় রু। তিনি গম্ভীর মুখে উঠে পড়েন, রুমা আলো জ্বালিয়ে জিজ্ঞেস করে "কি হলো তোমার,শরীর খারাপ? " "আচ্ছা,কখন বেরোবে তোমরা? " হায়, হায়!তার মনের কথা বেরিয়ে পড়ে মুখে। তার এই দোষ চিরকালের। ঠিকমতো কিছুই কথা চেপে রাখতে পারেন না। সব বলে ফেলেন।

আগে বাবা-মা কে বলতেন, এখন তো রুকেই বললেন, তবে গত একমাস ধরে তিনি অনেক কষ্টে চেপে রেখেছেন তার সন্দেহের কথা!আর এখন? ফস্স করে মুখ দিয়ে বেরিয়ে গেল। ছিছি। বেরোবো যে তুমি কি করে জানলে?

রু গম্ভীর মুখে প্রশ্ন করে। ”না, মানে, বিমলে যাবে তো তোমার সাথে!আচ্ছা, কোথায় থাকবে তোমরা? ” হায়, আবার তার মুখ দিয়ে বেরিয়ে গেল সন্দেহের কথা। রু যেন কেমন চোখে তাকিয়ে আছে তার দিকে। বিমলে তো উকিল মানুষ। পুলিশও তার চেনা সব। কি হবে এবার? আইন এদের সব পকেটে। তিনি খুব ভালো জানেন। হঠাৎ দেখেন রুমা যেন হাসিতে ফেটে পড়ছে। কেন? ভুল হলো নাকি কিছু? তিনি আগে জেনে গেছেন এই যা!

তিনি আবার বলেন ”হারটা তো তোমাকে ভালোই দিয়েছে বিমলে। আমি গরীব, দিতে পারি না কিছু। ” সত্যি, তিনি বিয়ের পর গয়না দিতে পারেননি। বিমলে কত বড়োলোক। কত রোজগার। ছেলেও তো চাকরি করে। ওমা, হতভাগা চাকরটা এসেছে কেন এখন? থালায় আবার কিসব ঢাকা। রুমা হাসি থামিয়ে ওকে বলে “তুইযা।” চাকরটা কেমন যেন চোখ মটকে চলে যায়। ঢাকা খুলে রুমা পাত্র গুলো টেবিলে সাজায়। ওমা!তিনি তাকিয়ে দেখেন তার পছন্দের রাবড়ি, পায়েস, বিস্কুট এমন কি একটা ইলিশ মাছ ভাজা ও আছে। “বলো, তুমি কি ভেবেছিলে?” রু জিজ্ঞেস করে।

তিনি এবার ধরাগলায় বলার আগেই রু বলে ওঠে, “যে আমি বিমলের সাথে পালিয়ে যাবো, তাইতো? তোমার মেয়ের কতবয়স হলো খেয়াল আছে? পঁচিশ পেরিয়ে গেলো, বিমলবাবুর ছেলেও ত্রিশে পড়বে, তোমার বেয়াই করবো ভেবেছি ওনাকে। হারটা তাই কিনেছি। ছি ছি, আর তুমি কিনা!” এইবার চোখ ফোটে তার!এই রে! তিনি কি সব ভেবেছেন! “ক্ষমা করো রু। ” আর বেশি তিনি বলতে পারেন না। রুমার হাত তিনি জড়িয়ে ধরেন। এক ফোঁটা জলহঠাৎ বেইমানি করে রুমার হাতে পড়ে যায়। “এই বুদ্ধি নিয়ে তুমি মাস্টারি করে এলে, এতবছর, তুমি কি গো? ” “তোমাকে হারাবার ভয় পাই রু। ” তিনি রুদ্ধ স্বরে বলেন। ”ওগো, তোমার এই নির্ভর শীল স্বভাবের কথা মা আমাকে অনেক আগেই বলেছেন, তাই বলে তুমি আমাকে এমনি ভাবলে? ” রুমা আবার হাসি তে ফেটে পড়ে। আর তিনি? বেশিকিছু না ভেবে রু কে জড়িয়ে ধরেন।

হঠাৎ শ্রাবনের দমকা হাওয়া ঘরে প্রবেশ করে। আলো নিভে যায়। “আর কোনোদিন এই ভুল করবো না রু!” “যেন মনে থাকে”, রুমা বলে ওঠে। আকাশের পূর্ণচন্দ্র মাটির পৃথিবীর দুটি প্রাপ্তবয়স্কের প্রণয়, সন্দেহ, দ্বন্দ্বের লীলা দেখে যেন মুচকি হেসে সরে যায়। কোথা থেকে হঠাৎ গান ভেসে আসে, “তোমায় নতুন করে পাবো বলে, হারাই ক্ষনে ক্ষনে...।” ❑

এক জীবনেই

উর্মি দূরে ওই নীলাভ সমুদ্র জল রাশির দিকে তাকিয়ে আছে, সমুদ্র যেখানে আকাশ ছুঁয়েছে, জল, তরঙ্গ হেসে হেসে নেচে নেচে লুটিয়ে পড়ছে, নিজস্ব বিভঙ্গে, আবার দূরে সরে সরে যাচ্ছে, সোনালী বালুকারাশি কে ছুঁয়ে, সে এসেছে আন্দামান,

একটি ছোট্ট হোটেলে রয়েছে, সঙ্গে এসেছে বান্ধবী রঞ্জনা, দুইজনেই বছর চল্লিশ বয়স প্রায়, সে গণিতের দিদিমনি, রঞ্জনা ইতিহাসের। ভারত বর্ষের কিছু জায়গা তারা বেড়িয়েছে, কিন্তু আন্দামান আসা এই প্রথম। পোর্ট ব্লেয়ার নেমেই তারা চলেছে হোটেল এর দিকে, আর পথে? কি অপূর্ব দৃশ্য, ছোট জাহাজ, বড়ো জাহাজ ভাসছে সমুদ্রে, নীল রঙের জল, কি অপূর্ব লাগছে চারিপাশ!

প্রথমেই তারা দেখতে গেছে মিউজিয়াম, কত সমৃদ্ধ এই মিউজিয়াম, নাম না জানা অসংখ্য সামুদ্রিক প্রাণী শামুক, কচ্ছপ, অক্টপাস, প্রবাল, ঝিনুক সব যত্ন করে রাখা আছে, কি বৈচিত্র্য প্রকৃতি রানীর, বইয়ে পড়া আর নিজ আঁখিতে অবলোকন করা, সমান নয়! জারোয়া দের সম্পর্কে নানা তথ্য, ব্যারন আইল্যান্ডের ছবি, সব দেওয়া আছে,দুই দিদিমনি অবাক হয়ে যাচ্ছে!খুব সুন্দর মিউজিয়াম আন্দামানের, ক্যামেরা বন্দি করতে থাকে কিছু কিছু উর্মি, you cannot do that ..

হঠাৎ একটা স্বর পরিস্কার ইংরেজিতে এ ভেসে আসে তাদের দিকে, উর্মি তাকিয়ে দেখে এক সাহেব বলছেন, টেবিলে বই খোলা,উনি দেখে ফেলেছেন যে সে ছবি তুলছে, সত্যি তো! লেখা আছে, ছবি তোলা নিষিদ্ধ!লজ্জায় মুখ টা লাল হয়ে যায় উর্মির, সে তাড়াতাড়ি বেরিয়ে যায়! নাঃ, কাজ টা তো সে ভুলই করেছে!

ভরতপুর বিচ ভারী সুন্দর, ছোট পাহাড় কেটে কেটে যে রাস্তা তৈরী হয়েছে, একদিকে রেলিং দেওয়া,অপর দিকে নারকেল গাছের সারি নুইয়ে পড়ছে, সামান্য দূরেই সমুদ্র নিজ উল্লাসে, আনন্দে ফেটে পড়ছে, দূরের সমুদ্র কিন্তু স্থির, সমগ্র সৃষ্টির যিনি কর্তা, স্থিতহি কি তিনি? নিশ্চয়ই তাই! এত

ছোট বড়ো সৃষ্টি এত আনন্দ এসব কার দান? প্রভু আমাদের পূর্ণ করেছেন, যেন ভারী যত্নে সব রচিত করে ছেন, তাই কি রবীন্দ্রনাথ বলেছেন, "আমাকে প্রকাশ করো, আমাকে প্রকাশ করো, আমি তমসাতে আচ্ছন্ন।"

বড়ো বড়ো সবুজ গাছের সারি, পাখিরা উড়ছে, ডাকছে, সতত চঞ্চল জীবন আনন্দে, অপর দিকে অসীম আকাশের সাথে মিলিত হয়েছে অপূর্ব নীলাভ জল রাশি তরঙ্গ, বালুকা রাশি, সূর্যের আলোয় চিক চিক করছে, ছোট্ট ছোট্ট কাঁকড়া, শামুক, আরো কত নাম না জানা সামুদ্রিক প্রাণীরা ঘুরে বেড়াচ্ছে, নীল সমুদ্রের জল রাশি উল্লাসের আনন্দে ফেটে পড়ছে, আর সে অবাক বিস্ময়ে তাকিয়ে রয়েছে।

উল্লাস? না, আনন্দ? কোনটি ছিল তার জীবনে? আনন্দ ছিল। উল্লাস? সে তো অন্য জিনিস, নির্ভেজাল আনন্দ ছিল, বছর পনেরো পর্যন্ত বোধকরি।

তার বাবা, মা ছিলেন মফস্বলে, ছোট্ট একতলা বাড়ি ঠিক কি দিয়ে গড়া ? হীরা, মুক্ত মানিক কি? কি জানি? এখন জীবনের বেশির ভাগ দিন গুলি কাটিয়ে মনে হয় যেন,সেই সময় টি ছিল তার জীবনের আশ্চর্য সম্পদ, মধ্য বিত্ত পরিবারে জন্ম তার, বাবা র কিছু বেশি বয়সের একমাত্র সন্তান সে, ছোট্ট বেলাতে বৈভব না থাক, ওনাদের আদর যত্নের কোনো ত্রুটি ছিল না, কোনো দিন, সে ঠিক ভাষায় বলতে পারে না, বাবা,মায়ের অকৃত্রিম স্নেহ ভালোবাসা কি জিনিস, কোন সাতরাজার সম্পদ, ভগবান বাবা, মা কে পাঠিয়ে ছেন, যাতে সন্তানের কোনো কষ্ট না হয়, ছোট্ট ব্যাগ নিয়ে বেণী দুলিয়ে স্কুল যাওয়া, মা দাঁড়িয়ে দেখতেন, সে সিঁড়ি দিয়ে উঠতে পারছে কিনা! পাশের বাড়ির রঞ্জনা ছিল তার ছোট্ট বেলার অভিন্ন হৃদয় বন্ধু, দুই বন্ধু র একসাথে বড়ো হয়ে ওঠা, রঞ্জনার দাদা,আর ওর মা, বাবা, রবি জেঠু, জেঠিমা। পাশা পাশি দুই বাড়ি, হাসি, গান গল্প আর আন্তরিকতার বুননে গাঁথা সম্পর্ক, একে ওপরের বিপদেদাঁড়ানো সহ জাত। কি দিয়ে বর্ণনা করা যাবে এগুলোর? আজকের এই মেকি সভ্য যুগে যেখানেপ্রায় সবাই নিজের গা বাঁচিয়ে চলে!

বোধ করি আশির দশকের কথা এগুলো, বছর পনেরোর মেয়ে তখন ঊর্মি, অভূত পূর্ব শান্তির সংসারে কালো মেঘ ঘনালো একদিন!

উর্মির ঠাকুমা তার ছয় বছরের ছোট ছেলে কে রেখে হঠাৎ মারা যান, দাদু, তার বাবা ও কাকা কে নিয়ে পড়েন মহা বিপদে, বাবাঅল্প বয়সে চাকুরী পেতেই দাদু বিয়ে দিয়ে দেন। তার মায়ের কাঁধে শ্বশুর, স্বামী ও ছোট দেওর কে দেখার ভার পড়ে। বাবার সাথে কাকার বয়স পার্থক্য বছরপনেরো প্রায়, ছোট বেলায় কাকা এত অবাধ্য ছিল না, আস্তে আস্তে ঈর্ষান্বিত আত্মীয় স্বজন নাকি পাড়া প্রতিবেশী,কাদের প্রভাবে যেন কাকা বদলাতে শুরু করল? তার মা ছিলেন অসীম সহনশীল মহিলা, যার জন্য দাদুর ভাঙ্গা সংসার টিকে গিয়েছিলো অবলীলায়, ঠাকুমার হঠাৎ যাওয়া তে, কারো সেবা যত্নে কোনও ত্রুটি হয়নি, মা যে শুধু গড়তে জানেন, সব কিছু, সেলাই রান্না, প্রত্যেক কাজ যিনি ভালো বেসে করেন, উর্মি সেই মায়ের সন্তান!দাদু মারা গেলেন, কালের নিয়মে মা বাবা, কাকা আর সে, সহজ সরল দিন কেটে যেত!

একতলা বাড়ি, নেড়া ছাদ,, ধারে যাওয়া বারণ ছিল, শিশু মনে কত যে কৌতূহল, ছাদের একদিকে কত ফুলের টব, গোলাপ, গাঁদা, জিনিয়া, কসমস আরো কত কি, রবিবার হলে ছাদে শীতের রোদে বসে থাকা, ছোট হাতে কমলালেবু নিয়ে, কত গল্প বাবার সাথে, মায়ের হাতের সুস্বাদু রান্না খেয়ে ধুপ করে ছাদে দেওয়া লেপে শুয়ে পড়া, আর,তাকালেই উপরে ছেঁড়া ছেঁড়া মেঘ, আর আর অসীম নীল আকাশ, ২ একটা প্লেন হয়তোঅনেক উঁচুতে উড়ে গেল! দুরে নারকেল গাছের সারি, একদল পাখি বসে ছিল, হঠাৎ তারা যেন দিক পরিবর্তন করে অন্য দিকে চলে গেল!

ফুলে র দল যেন নিজের আনন্দে নিজেরাই মাতোয়ারা, ছোট্ট ঘর, সুখ দুঃখের মালা দিয়ে গাঁথা, ছোট্ট পোষা পাখি এক পাশে, সব কিছু যেন স্বপ্নের মতন! আর মাথার ওপর ওই আকাশ টা? কি বিশাল, নিঃসীম, আড়ালে কে আছেন? সব কিছুর যিনি রচয়িতা, মা বলেন ভগবান, সত্যিই তো,আমাদের তো সামান্য ছোট্ট একটা পোকা তৈরী করার ও ক্ষমতা নেই, কিসের গর্ব অহংকার আমাদের? উর্মির যেন মনে হয় গত জন্মের কথা, এগুলো সব!

“কি হলো উর্মি?” চমক ভাঙে, ছোট্ট বেলার কথা ভাবছিলো সে, রঞ্জনা ডাকছে তাকে, সে জানে বাল্য বান্ধবীর এই স্বভাবের কথা!মাঝে মাঝে আনমনা হয়ে পড়ে উর্মি!

অসীম আকাশ, দূরান্তে অপর প্রান্তে নীলিমায় মিশেছে সমুদ্র সাথে, একপাশে ঘন সবুজ নাম না জানা উঁচু গাছের সারি, অপর দিকে বালি তে সোনা রোদ চিক চিক করছে, ছোট্ট ছোট্ট শামুক কাঁকড়া নির্ভয়ে ঘুরে বেড়াচ্ছে মানুষ দের ছোট্ট পুতুলের মতো লাগছে, হাওয়া দিচ্ছে, প্রকৃতি যেন নিজ সম্পদের মোড়ক আস্তে আস্তে খুলে দিচ্ছে, হাওয়া তে তার আনন্দ বার্তা, তারা দুজনে বসে আছে অনেক ক্ষণ এই বিচ এ!

ফেরার পথে কারা যেন বল খেলছিল, দূর থেকে বল এসে উর্মির পায়ে লাগলো, oh, sorry madam নীল জামা,ফর্সা রং বাদামি দাড়ি কে একজন বল টা কুড়িয়ে নিতে এসেছে! বল ভাগ্যিস হালকা ছিল, শক্ত হলে তো ভালোই লাগতো, ওঃ, সেই বিদেশী সাহেব, উর্মি এগিয়ে যায়, "দেখে বল ছুঁড়তে পারে না! কচি খোকা একেবারে! "তার মুখ দিয়ে বেরিয়ে যায়। রঞ্জনা হেসে ফেলে, " নো নো,আমি কচি খোকা নেই আছি ", হঠাৎ সাহেব হেসে বলতে বলতে পাশ দিয়ে চলে যায়। উর্মি রেগে রঞ্জনা র দিকে তাকিয়ে বলে, "শুনলি, এ তো বাংলা বোঝে রে!"

জাহাজে সে আগে উঠেছে, কিন্তু এই বিশাল সমুদ্র প্রকৃতি মধ্যে চারিদিকে তাকালেই যেখানে জল রাশি বিদ্যমান, সে এত বড়ো জাহাজে ওঠেনি! তার কেমন বিহ্বল লাগছে নিজেকে, কিছুটা যাওয়ার পরই সবুজে সবুজ, ঘন উঁচু গাছের সারি দিয়ে

ঘেরা দ্বীপ দেখা যাচ্ছে দূরান্তে, সমুদ্র জলে কি বিশালতা, গভীরতা, তরঙ্গ হঠাৎ উথলে উঠছে, ভিজিয়ে দিচ্ছে জাহাজের গা, রেলিং, সূর্যের আভা পড়ছে গাছের মাথায় জল কণা দের বিভঙ্গে!কি দেখছে উর্মি? একি স্বর্গ?

জাহাজের গায়ে যে কাচের জানলা আছে কি অপূর্ব লাগছে প্রকৃতি কে! গান বাজছে, জাহাজে প্রায় দুইশত লোক আছে, ওপরে তিন তলার ডেকে কিছু লোক তো আনন্দে নাচতে শুরু করেছে, তারা বিভিন্ন বয়সের, বয়স্ক, মধ্য বয়সী, অল্প বয়সী তো আছেই,ঘন নীল আকাশ, সমুদ্রের জল তরঙ্গের উচ্ছলতা রৌদ্রের সতেজ উপস্থিতি, জলে যেন মাছের ঝাঁক চলে গেলো, তার জীবনে এত আনন্দ অপেক্ষা করেছিল ? জাহাজ আস্তে আস্তে এসে ভিড়লো হ্যাভলকে দ্বীপে। চারিপাশে নারকেল আর সুপারি গাছের সমাহার, সবুজে চোখ জড়ানো পরিবেশ, তারা এসেছে এল ডোরাডো

রিসোর্টে, রিসোর্টে র আলাদা বিচ রয়েছে, সন্ধ্যা নামতে চলেছে সূর্যদেবের সোনালী আভা তে সমুদ্রের জল স্বর্ণাভ, আকাশে দুটি একটি করে তারা ফুটে উঠছে,সন্ধ্যা তারা কি? রাত্রি নামছে, ধীরে, ছোট ছোট নানা ফুলের গাছ দিয়ে সাজানো রিসোর্ট, একটি ২ টি করে আলো জ্বলে উঠছে, রিসোর্টে র সব জায়গা তে আলো জ্বলে নি, তার জীবনের মতো যেন! নিকষ কালো অন্ধকারে ভরা অনেকটা!সে যখন বারো ক্লাস বাবা অসুস্থ হতে শুরু করলেন বার বার, দাদু স্বর্গে যাবার পরে কাকা হয়ে উঠলো উদ্ধত, দুর্বিনীত এক চরিত্র। উর্মির মা কে, বাবা কে অপমান করতে তার বিন্দু মাত্র বাঁধতো না, তার বক্তব্য দাদা বৌদি তার জন্য কিছুই করেনি এতদিন, তার পাড়ার লোক আপন। শুধু তাই নয়, পাড়ার একটি উদ্ধত মেয়ে তার কাকিমাহয়ে এল হঠাৎ, বাবা মা পড়লেন অসীম লোক লজ্জায়। অন্ধকার, ঘনালো জীবনে, কাকার বিয়ে হয়েও শান্তি নেই যেন, সে চায় সমগ্র বাড়ি নিতে, পারলে তাকে, মা কে সে রাস্তায় বের করে দিতে চায়, সেই কালো রাত সে ভুলতে পারে না, এখনো!কত দিন আগের কথা এগুলো? ২৫ বছর হয়ে গেল বোধ করি, মানুষ কত উদ্ধত হয়, হতে পারে, সে খুব কাছ থেকে দেখেছে, সেই রাত্রে বাড়ির দলিল বার করে দেখা গেছে বাড়ি সম্পূর্ণ তার বাবার! দাদু অনেক আগে হয়তো সব বুঝেই এই ব্যবস্থা করে গেছেন! সেই অশান্তির রাতে বাঁচিয়েছেন এই রঞ্জনার বাবা, রবি জেঠু। সেই থেকে ওদের পরিবারের সাথে হৃদ্যতা আরো বেড়েছে, উর্মি আর রঞ্জনা, পাড়ার সবাই

জানে অভিন্ন হৃদয় তাদের, সুখে দুঃখে তারা একসাথে থাকে, রঞ্জনার পরিবার, জেঠু, জেঠিমা দাদা সবাই এক আশ্চর্য মনের মানুষ, আশ্চর্য জীবন! জীবনে তো বেশির ভাগ মানুষ আসে সুখের ভাগ নিতে, দুঃখের সময় কত জন কে পাওয়া যায়?

যেমন তার ও একটি বিয়ে হয়েছিল বছর ১৭ আগে, সামাজিক ভাবে!

বাবার বার বার অসুস্থতায়, মা ব্যস্ত হয়েছিলেন মনে মনে, তার বিয়ের জন্য। সে নিজেও কি হয়েছিলো? মনে হয়েছিল ভালোই তো, যদি এক জন সঙ্গী পাওয়া যায়, যে সর্বদা সুখে দুঃখে থাকবে, তাছাড়া বাবা মায়ের ও তো বয়স হয়েছে, শ্বশুর শাশুড়ি স্বামী, আত্মীয় স্বজন,পাশের জেঠু রা,সবাই মিলে দিন কেটে যাবে। ব্যাংকে চাকুরী করে একটি ছেলে, তার থেকে বারো বছর বড়ো প্রায়, বিয়ে হয়ে গেলো বছর তেইশের মেয়েটি র, তিন মাস' যেন

আনন্দে কাটলো, গ্রামের মানুষ ওরা, প্রথম প্রথম কিছু বুঝতে পারে নি সে, আস্তে আস্তে কিছু কিছু কথা কানে এল, বিয়েতে নাকি যা দেওয়া হয়েছে, গয়না খুব পলকা, আসবাব পাত্র গুলো ভালো নয়, নমস্কারি শাড়ি খুব কম দামের, এমন কি ফ্রিজ নাকি দেবার কথা ছিল , তার বাবা, মা দেননি! উর্মির স্বামী চাকুরী করেন, তিনি বাড়ির কোনো কাজে আগ্রহি নন, শাশুড়ি ভেবেছেন এতদিন পরে সারাক্ষনের কাজের লোক এসেছে, শ্বশুর ও প্রকারান্তরে তাই ভাবেন, কোন অলিখিত নিয়ম এ! সামাজিক বিবাহ যার নাম, যা হাজার হাজার বছর ধরে চলছে, ক টি গয়না আর চক চকে শাড়ির মোড়কে মুড়ে লোকের সামনে সাত পাক ঘুরলেই হয় বিবাহ ? বিবাহ কথার অর্থ বিশেষ রূপে বহন যেমন, দুটি আত্মার মনের মিল ও, কিন্তু সত্যি কি হয় সবার জীবনে সব? সে পড়েছে, পুরাকালে গান্ধর্ব বিবাহ, রাক্ষস বিবাহ ছিল, মনোগামি, পলিগামি ছিল, এখনো আছে।

কাল, যুগ, সময় অতিবাহিত হয়েছে, বিবাহ পদ্ধতি হয়তো পাল্টেছে, কিন্তু নতুন মোড়কে পালিশ করে দিলেও ভেতরের জিনিস তো পাল্টাই নি বিশেষ! কেন চলবে এমন ? মায়ের বেলায় কিন্তু সে এমন দেখেনি বা বোধ করেনি! সে কি তার বাবা ও ঠাকুর দার উদার স্বভাবের জন্য! তাই হবে বোধ করি! জীবনের আনন্দ যে সময় উছলে পড়ার কথা দুর্যোগ, দুর্যোগ তাকে ঘিরে ধরে! বিয়ের পরের বছর জানতে পারে মা হতে চলেছে সে, আনন্দে উদ্বেলিত মন ,সব কিছু ভুলে যাবে, ছোট্ট শিশু র পবিত্রতায়, নির্মলতায়, ভগবান কি হেসেছিলেন? আড়ালে? মানুষ ভাবে এক, হয় আর এক! তার মা বলেন, সম্পূর্ণ সত্যি কথা! সাত মাস পেরিয়ে ধরা পড়লো সম্ভবত একটি প্রতি বন্ধি শিশুর মা হতে চলেছে সে, তার মাথায় বাজ পড়লেও এত খানি অবাক বোধ করি হতো না। কালো মেঘ, শুধু কালো মেঘের আনাগোনা জীবনে। ওই দুরের আকাশে যেন একটা উল্কা পাত হলো, কেউ কি আড়াল থেকে হাসছেন? হ্যাভলকের এই উদাত্ত আকাশ সমুদ্রের খোলা হাওয়া, গাছে দের হাওয়া তে নাচন ফিস্ ফিস্ কথা যেন, কে তাকে বাঁচিয়ে রাখলেন? এই প্রকৃতির মহা রূপের সাক্ষী হতে?

তার তো বাচ্চা টির জন্ম দিতে গিয়ে হয়তো মরার কোথায় ছিল, শারীরিক ভাবে সে তো মরেই গেছিলো প্রায়, মানসিক ভাবে সে যেন আঘাতে আঘাতে জর্জরিত, স্বামী খুঁত খুঁতে স্বভাবের, শাশুড়ি ও কম যান না,

সব দোষ তার, সব সমস্যা কেবল মাত্র তারই, পরিবারের কেউ চায় না বাচ্চাটিকে, তার দায় ভার নিতে, এক চেনা ডক্টরের সহযোগিতায় স্বামী, ভাসুর, শ্বশুর, সবাই মিলে ঠিক করলো পৃথিবীর আলো দেখতে দেওয়া হবে না নতুন প্রানটিকে, হত্যা করা হবে কলকাতার কোনো নার্সিং হোমে, কেউ জানবে না, জানবে শুধু ডাক্তার আর তারা! শাশুড়ি র একেই জিনিস পত্র পছন্দ হয়নি, তার ওপর এই ঘটনা, স্বামীর ও একই বক্তব্য! অথচ স্বামী শিক্ষিত, ডিগ্রী ধারী! কিন্তু ডিগ্রি থাকলেই কি প্রকৃত শিক্ষিত হয় মানুষ? দুইজনেই তার দুই কানে মধু বর্ষণ করতে লাগলেন, ঈশ্বর! তখন উর্মির মানসিক অবস্থা! মা ছাড়া পৃথিবীর কেউ তার পাশে নেই! রঞ্জনা রবি জেঠু রা তখনো জানে না কত টা বিপদ ঘনিয়েছে তার জীবনে! বিয়ের পরে সে কিন্তু দেখেছে, তার স্বামীর পরিবারে এমন বাচ্চা আছে! জিন কি কোনোভাবে কাজ করছে! বলার অধিকার নেই তার, তাকে যন্ত্রনা সয়ে যেতে হবে শুধু, শারীরিক ভাবে, মানসিক ভাবে! সে কি সত্যি এত ছোট ? না তাকে ছোট করা হলো? ঠিক কি পরিবারে এসে পড়েছে সে? যেখানে টাকাই সব! উর্মির সংসার নিয়ে আশা আকাঙ্খা সব কিছু যেন ধুলায় লুটিয়ে পরে, না! মন কে শক্ত করে সে! বিধাতা যখন দুঃখ দিয়েছেন তাকে স্বীকার না করে উপায় কি ? কিন্তু তার অন্তরাত্মার যে অপমান ঘটেছে পদে পদে, তা নিয়ে সে বাঁচবে কি করে বাকি জীবন? বাচ্চাটি জন্মায়, ১২ ঘন্টা পরে বাচ্চাটির মৃত্যু হয়! শান্তি সবার, শ্বশুর বাড়ি এবার সবাই খুশি! আবার বিনা মাইনের দাসী হয়ে সে ফিরে যাবে, লোক লজ্জা র ভয়ে চুপ টি করে থাকবে, অসম্ভব! সব কিছু মা কে খুলে বলে সে, মা শুনে কষ্ট পান, বাবা, রবি জেঠুর কানে যায় কথা, জীবনের একটি কঠিন সিদ্ধান্তে উপনীত হয় সে! ওই স্বামীর ঘর আর সে করবে না! সামাজিক ভাবে যে বিবাহ হয়েছে, ২০০ নিমন্ত্রিতর সামনে, তার একার দায় সম্পর্ক টেকানোর? সব দোষ বুঝি তার? এই সমাজ? এই যদি সমাজ হয় শ্বশুর বাড়ি হয়, স্বামী হয়, এই সম্পর্কের এক পয়সা ও দাম নেই তার কাছে! রঞ্জনা শুনে কাঁদে,সে সোজা বাবা, মায়ের কাছে চলে আসে চিরকালের জন্য!

শরীরে ক্লান্তি, মনে ক্লান্তি, বিষন্নতা, আলাদা হয়ে যায়উর্মির পৃথিবীটা!

দিন গড়িয়ে চলে, কোথায় যেন পড়েছিল না পার্ল এস বাক লিখেছিলেন। ... a good marriage is one which allows for change and growth in the individuals and in the way they express their love ... হলো কি তার ছিটেফোঁটাও? হলো না! জীবন যে সহজ হয় না সবার!

মা বোঝেন তার কষ্ট, তিনি আশ্চর্য আধুনিক মনের, মোটেই জোর করেন না উর্মি কে, একবার ও বললেন না, যা হয়েছে মানিয়ে শ্বশুর বাড়ি যেতে! রবি জেঠুর সহায়তায় ডিভোর্স এর আবেদন করে সে, সে চায় দমবন্ধ পরিবেশ থেকে মুক্তি! দাদা উকিল মানুষ, তার অসুবিধা হয় না, আইনি সাহায্য পেতে।

দিন কাটতে থাকে, কিছু দিন পর, একটি চিঠি হঠাৎএসে হাজির হয় এক্সচেঞ্জ থেকে, গণিত তার বিষয়, স্কুলে ডাক পড়েছে ইন্টার ভিউ জন্য। চোখের জল মুছে সে ইন্টার ভিউ তে যায়, তার রেজাল্ট বরাবর ভালোই ছিল, ছয় মাসের মধ্যে সে স্কুলে যোগদান করে! ওঃ, কি শান্তি, কারো কাছে হাত পাততে হবে না তাকে, নিজের খরচ সে নিজেই চালাতে পারবে ভগবান! যে অগ্নি পরীক্ষার মধ্য দিয়ে তুমি নিয়ে গেলে, তাকে বাঁচিয়ে রাখলে সে তার মর্যাদা রাখবে চিরকাল! সেই থেকে, সে অঙ্কের দিদিমনি স্কুলে, মফস্বল জোড়া তার সুনাম, এ আজ পনেরো বছর আগের কথা! "উর্মি শক্ত করে ধরে বস!" ওহ, রঞ্জনার ভারী ভয় তাকে হারিয়ে ফেলার! চিরকাল! তার মন কোথায় চলে গেছিলো!

অতীত! অতীতের কথা মনে পরে তার, মুখ শুকনো হয়ে যায়,রঞ্জনা বুঝেফেলে!

সেই বিপর্যয় কাটিয়ে সে এখন বছর চল্লিশে পড়েছে।

হ্যাভলক থেকে এলিফ্যান্টা দ্বীপে যাবার জন্য ছোট্ট বোট এ চড়ে বসেছে তারা পাঁচ জন, রঞ্জনা সে, নতুন বিবাহিত দম্পতি আর সেই সাহেব, লম্বা ফর্সা বাদামি চুল দাড়ি, উড়ছে হাওয়াতে, কি হলো অঙ্কের দিদি মনির? সে তো ঘর পোড়া গরু! তার এমন অস্বস্তি কেন হচ্ছে, সাহেব কে দেখে? সে তো ষোলো বছরের কিশোরী নয়! ছলাৎ ছলাৎ শব্দে বোট চলছে, দূরের হ্যাভলক মিলিয়ে যাচ্ছে,বোট যিনি চালাচ্ছেন শক্ত হাতে হাল ধরে আছেন। সাহেব আবার তাদের কে দেখে একমুখ হাসলেন! উর্মি হাসে না, এত সে গায়ে পড়তে পারে না কারো, সে সামনে তাকিয়ে আছে, যতো সব!

সমুদ্রের নোনতা জল একেবারে গায়ে এসে ভিজিয়ে দিচ্ছে, মাথার উপর সূর্যদেব পূর্ণ মহিমায় বিকশিত, সুন্দর হাওয়া দিচ্ছে, বোট চলেছে দ্রুত গতিতে, ওই! দূরে ছোট্ট শ্যামলিমা দেখা যাচ্ছে, এলিফ্যান্টা দ্বীপ! অপূর্ব বনানী, বোট এসে ভিড়েছে, দ্রুত গতি তে নানান জল যান চলছে সমুদ্র স্কুটার,কেউ কেউ স্কুবা ডাইভ করবে বলে তৈরী হচ্ছে, সমুদ্রের জলের কি রং, কি বা তার বাহার, রঞ্জনা ভালোই গল্প জুড়েছে সাহেবের সাথে, উনি নাকি গত দশ বছর ধরে আসছেন এখানে, আসুন উনি, তাদের কি?

তার এত দরকার নেই! তারা কাচের বোট এ উঠেছে, বোট চলছে, কাচের মাঝখান দিয়ে দেখা যাচ্ছে কি বিশাল প্রবাল দ্বীপ, সমুদ্রের জল গভীর থেকে গভীরতর হতে শুরু করেছে লাল, নীল হলুদ মাছের ঝাঁক ঘুরে বেড়াচ্ছে, দূরের সমুদ্রে হাঙ্গর থাকতেই পারে, এলিফ্যান্টা তে নাকি আগে জংলী হাতির পাল ছিল, ছোট্ট ছোট্ট বোট চলছে, ডাঙ্গা তে মাটির পৃথিবীর মানুষ মানুষীরা নিজের নিজের আশা আকাঙ্খা বুকে নিয়ে কত আনন্দ করছে, কেউ কেউ তো বালুকাতে ইচ্ছা করে শুয়ে আছে, প্রাকৃতিক সৌন্দর্যে, সূর্যের আলোয় ঝলমল করছে চারিদিক। ছোট বড়ো কত ঝিনুক পরে আছে, এখানে তো প্রবাল সাম্রাজ্য, কি বিচিত্র গঠন তাদের। ছবির পর ছবি তুলতে থাকে উর্মি! বেলা ২ টো বাজে, তারা ভাবছিলো ওই জঙ্গলের দিকে একটু যাবে! কিন্তু না! বোট এসে গেছে, সময় নেই আর, এরপর জোয়ার আসবে সমুদ্রে, তাদের কে তাড়াতাড়ি ফিরতে হবে, আবার বোট এ ওঠা! এক আশ্চয অভিজ্ঞতা নিয়ে ফিরছেউর্মি! এ জীবন সমুদ্রের মতো সর্বদা উছলে না উঠলেওবহমানতাই প্রকৃতি, সূর্য, চন্দ্র জোয়ার ভাটা আলো, অন্ধকার সব .... সব কিছু জীবনের অঙ্গ! " তুমি চিরকাল মৃত্যুর ওপর মুখ গুঁজিয়া পড়িয়া থাকিতে পারো না " কোথায় লিখেছিলেন গুরুদেব! প্রকৃতির সৌন্দযের মুখো মুখি দাঁড়িয়ে তার অনেক মনের ভার লাঘব হয়ে যাচ্ছে কি? এই অবর্ণনীয় সৃষ্টির সামনে মাথা যে আপনি নিচু হয়ে যায়!

"তুমি সর্বদা ব্যক্তিগত বেদনাকে বড়ো করিয়া দেখিতে পারো না," রবীন্দ্র নাথের কথা, বোট ফিরছে তাদের, ... যিনি আড়ালে আছেন, তাকে শত কোটি প্রণাম, এই বেঁচে থাকা, এই আনন্দ বোধ, সব কিছু যে তার দেওয়া, বোট এ চলতে চলতে কত কথা মনে হয় উর্মির র!

ফাঁসসসস, কি হলো? বোট এর মোটরে কি যেন গন্ডগোল হয়েছে! হ্যাভলক আসতে দেরি আছে! বোট থেমে গেছে, মাঝ সমুদ্রে!এই সেরেছে! কি হবে এবার? তারা কেউ সাঁতার জানে না, নতুন বিবাহিত বৌটি তো কাঁদো কাঁদো! রঞ্জনা গম্ভীর হয়ে গেছে, অঙ্কের দিদির কপালে বিন্দু বিন্দু ঘাম জমেছে, না বোট যে চালাচ্ছে সে ঠিক পারছে না, শেষকালে হাঙ্গরের পেটে যেতে হবে নাকি? এই ছিল কপালে? সাহেব বসেছিলেন, উঠলেন তিনি, তারা দেখতে পেলো, ব্যাগ থেকে কি সব যেন বের করলেন, চালকের সঙ্গে দেখতে দেখতে ভুল খুঁজে পেলেন ঠিক, একটু পরেই আবার চলতে শুরু করলো তাদের বোট! ওফ!হাঁফ ছেড়ে বাঁচলো যেন সবাই। রঞ্জনা হাসছে, নতুন বৌ টি আনন্দিত, সেও মনে মনে বাঁচলো কি হঠাৎ বিপদ হতে উদ্ধার পেয়ে? কে চায় বিপদ অকারণ? দ্রুত গতি তে তারা চলছে হ্যাভলক দিকে, কি অপূর্ব সুন্দর যে লাগছে, এলিফ্যান্টা দূরে মিলিয়ে গেছে অনেক ক্ষণ, কে যেন ভরাট গভীর গলায় গান গাইছে নব বধূটির বর নিশ্চয়ই! ও মা, তাকিয়ে দেখে সাহেব। রঞ্জনা তো মোহিত একেবারে গান শুনে, তা উর্মির ও মন্দ লাগেনি! সত্যি বলতে কি বেশ ভালোই লেগেছে! বাবা! উনি যে একেবারে বহু গুন সম্পন্ন! উনি সমুদ্র প্রাণী নিয়ে গবেষণা করেন, তাই বোধকরি মিউজিয়াম এ বই দেখছিলেন, ভালো! তার এত গুন নেই! এগুলো কি ভাবছে সে! ওনার সাথে তার কি!

বোট ভিড়েছে হ্যাভলকের দ্বীপে। সবাই ওনাকে ধন্য বাদ জানাচ্ছে, সবাই হ্যান্ড শেক করছে সাহেবের সাথে, এমন কি রঞ্জনাও। সে হ্যান্ড শেক করে না, উল্টে সাহেব তাকে হেসে বললেন তার চোখ আর মাথার চুল নাকি ভারী সুন্দর! যাহ! ভারী দুষ্টু তো প্রৌঢ় টি! সুন্দর তো ওনার কি? ওনার বৌ রাগ করবে না বুঝি এই গুলো শুনে!

সে রঞ্জনার হাত ধরে নেমে যায় হ্যাভলকে। বিকেল বেলা, এল ডোরাডো রিসোর্টের গা ঘেঁষে যে সমুদ্র বিচ,তাতে দুই বন্ধু চুপ টি করে বসে আছে, সমুদ্র ঢেউ এর ওঠাপড়া দেখছে!পড়া! আর ওঠা! জীবনে! পড়ে যাবার ভাগ যে বড়ো বেশি তার!

রান্না করেছে যত্ন করে শ্বশুর বাড়ি সবার জন্য! কতদিন আগের কথা! স্বামী শাশুড়ি র ঠিক যেন কারো পছন্দ নয়, সে যেন রান্নাতে বিশেষ ডিগ্রী প্রাপ্ত, যে প্রতিদিন রান্না সুস্বাদু হতে হবেই, তার যত শরীরই খারাপ থাক!

বিয়ের কিছু দিন পরেই কত বিশেষণ পেলো সে! " কুঁড়ে, রান্না খারাপ!" বাবা, মা, জেঠুরা কোনোদিন খেয়ে বলেন নি তো যে তার' রান্না খারাপ, আসলে মিল হয় নি একটুও কোনোদিন, বিবাহ নামে সম্পূর্ণ একটি প্রহসন ঘটে গেছে তার জীবনে! সত্যি কি সে কি এত খারাপ! এদের কাছে খারাপ! চাকরিটি যদি সে আগেই পেতো হয়তো এমন হতো না! না মানুষের মন অত সহজ নয়! চাকুরী করলেও হয়তো আলাদা সমস্যা এসে হাজির হতো সামনে!

সে আর ভাবে না এসব, যে সম্পর্কে সামান্য সম্মান নেই, একতরফা ভাবে তাকে বইতে হবে সব বেদনা, কি দরকার এমন সম্পর্ক রাখার চিরকাল? এই বাঁধনের জাল কেটে বেরিয়েছে সে, বেরোতে পেরেছে ভাগ্যিস!ভালোবাসা! মান সম্মান যে কি! কতখানি সে জানে! তার বাবা কে দেখেছে, খুব সাধারণ সংসার থাকলেও মা কে, সম্মান দিতে বাঁধতো না তাদের, সেই দাদু, বাবার ঘরের মেয়ে সে!

রঞ্জনাও একদিকে ভাগ্যবতী! তার বিয়ের কিছু দিন আগেই রঞ্জনার বিয়ে হয়। বছর ঘুরতেই লালি কোলে আসে রঞ্জনার। প্রিয় বন্ধু র সুখে সুখী হয়েছে সে, ছয় বছর কাটতেই হঠাৎ দুর্যোগ ঘনিয়েছে রঞ্জনার কপালে। তার বর বিমল দা মারণ রোগে আক্রান্ত! শেষ পর্যায়ে! ভগবান! তখন রঞ্জনার মানসিক অবস্থা! লালি তখন মাত্র তিন বছর, হলো না শেষ রক্ষা কিছুদিনের মধ্যে বিমল দা, রঞ্জনার শাশুড়ি, লালি ও রঞ্জনাকে ভাসিয়ে স্বর্গে গেলেন! রঞ্জনা চাকুরী করে তখন! বিমল দাও ভালো চাকুরী করতেন রেল কোম্পানি তে। টাকার অভাব হয়নি, আর জেঠু, জেঠিমা রঞ্জনার দাদা, ওর শাশুড়ি সবাই পাশে দাঁড়িয়েছেমানসিক ভাবে, এও প্রায় উনিশ বছর আগের কথা। সেই রঞ্জনা আর কাউকে বিয়ে করেনি, লালি তার একমাত্র সন্তান কে বুকে করে মানুষ করছে, সে মেডি ক্যাল প্রথম বর্ষের ছাত্রী এখন!

সবার জীবন পথ আলাদা,প্রশ্নপত্র ও আলাদা, জীবন এক বড়ো পরীক্ষা, মা বলতেন, মানে বুঝতো না সে তখন, তাই বিশাল ধাক্কা মেরে জীবন তাকে বুঝিয়ে দিলো কি?

ভগবানের আশীর্বাদে লালি খুব ভালো পড়াশোনায় চিরকাল, রঞ্জনার শাশুড়িও খুব ভালো মনের মানুষ, দাদা বৌদি জেঠিমা পাশাপাশি বাড়ি তে

সবাই মিলে সুখে দুঃখে দিন কেটে যায় তাদের। তাকে আবার বিয়ের কথা বলেছে সবাই! কিন্তু না! ভগবান আলাদা করে লিখেছেন তার ভবিষ্যৎ!

রাত নেমে আসছে, হ্যাভলকের বুকে, রাত চড়া পাখি কি ঝট পট করে উড়ে গেল? তার জীবনের মতো? দল ছাড়া! ওই রাতের আকাশে তারা ফুটে উঠছে, তার বাবা কি সকল ভালোবাসা নিয়ে তার সন্তানের দিকে তাকিয়ে আছে! কে জানে!বাবা তো স্বর্গে গেছেন ১০বছর আগে! দূর থেকে ভারী মিষ্টি একটি মাউথ অর্গানের সুর ভেসে আসছে। কে বাজায় এত রাত্রে ? খুব সুন্দর সুর তো!এই আকাশ, বাতাস প্রকৃতি সান্নিধ্য, হু হু মন কেমন হাওয়া, টুপ করে পাতা ঝরা রাত, সাথে এই সুর মাউথ অর্গানের! যেন রবীন্দ্র সংগীত মনে হলো!... " কিরে? এখানে তুই! আর আমি খুঁজছি!", রঞ্জনার গলা, এই বন্ধু তাকে যে কি ভালোবাসে! এই জন্মে বোধ করি দুজনে আলাদা মায়ের পেটে জন্মেছে! " তুই কোথায় ছিলিস? " " আরে, আমি তো ম্যাকেঞ্জি সাহেব ঘরে গেছিলাম! "মানে? কে ম্যাকেঞ্জি, ? রঞ্জনা হেসে গড়িয়ে পরে! " আর বলিস না! " এত হাসির কি হলো? " হাসবো না! সাহেব বলে কিনা ইন্ডিয়া তার খুব ভালো লাগে। সমুদ্র নিয়ে পড়া তার, গবেষণাও, উনি নাকি অনেক বছর ধরে আসছেন এই দেশে, তিন মাস করে থাকেন, প্রতিবার, ওনার মা বাবা নেই! দুর্ঘটনায় নাকি ওনার বাবা মার মৃত্যু হয়েছে!ওনার তখন বারো বছর!" তা তোর হাসির কি হলো এগুলো শুনে ? "রঞ্জনা কিছু বলে না, আবার জোরে হেসে ফেলে! "পরে বলবো! খাবি চল।" রঞ্জনার এই দুষ্টুমি স্বভাব কিছুতেই যাবে না, চিরকালের দুষ্ট, রহস্য প্রিয় ও!

রাতের খাবার টেবিল এ হাজির হয় সবাই, সাহেব যেন কেমন একটা চোখে তাকিয়ে আছেন তার দিকে!আর নির্লজ্জ হয়েছে রঞ্জনাটা, কি হেসে হেসে কথা! আশ্চর্য! অচেনা লোকের সাথে এত কথা বলা কি ঠিক?

রাতে শুতে এসে ও আবার ম্যাকেঞ্জির কথা তোলে, উনি নাকি অনেক কষ্ট করে মানুষ জীবনে! হবে হয়তো, কার বুকে কত যে রক্ত ঝরে! কে তার হিসাব রাখে! পরের দিন! তারা নীল দ্বীপ যাবে!

নীল এ দুই দিন থেকে আবার ফেরত আসবে হ্যাভলকে। যাবার পথে আবার সেই অপূর্ব জলরাশির উচ্ছলতা, আনন্দ, আকুলতা হীরের কুচি যেন ছড়িয়ে পড়ছে, এখানেও কিছু লোক আনন্দে গান গাইছে, নাচ ও করছে,

গান, গানের মধ্য দিয়ে নাকি ঈশ্বরের কাছে পৌঁছনো যায়! হবে হয়তো! তার যেন কার একটি পুরুষ গলার, গানের কথা মনে পড়ছে! ওহ! সাহেবের গানের কথা!

চল্লিশ ছুঁই ছুঁই দিদিমনির হলো কি? একি প্রকৃতি পরিবেশের প্রভাব? উদাত্ত আকাশ, বাতাস সমুদ্র তরঙ্গ পৃথিবীর মানুষের আনন্দ, এসব দেখতে দেখতে তার মনে কি পরিবর্তন এল কিছু? ভাবনাটা মাথায় আসতেই কেমন যেন ঘেমে ওঠে সে, সাহেব কি বিবাহিত? নিশ্চয়ই বিবাহিত, চলছে জাহাজ,চলছে, দুলে উঠছে, রোলিং হচ্ছে যাকে বলে, আর একজনের মনে যেন ঝড় বইছে, পাশে রঞ্জনা কি যেন বললো, সাহেবের বউ অনেক বছর আগে তাকে ছেড়ে চলে গেছে, মনের মিল হয়নি অনাথ সাহেবের সাথে! আর উর্মি কে দেখতে অনেক টা নাকি তার মায়ের এর মতো! কানে কি ঢুকলো তার!

নীল দ্বীপ এসেছে!সবাই আনন্দে উদ্বেলিত, ও! সেই জন্য সাহেব তার দিকে তাকিয়ে ছিলেন, এত ক্ষণ! কে জানে ওনার কি মনে হয়েছে! বার বার তার ওনাকে মনে পড়ছে কেন? সে এসেছে বেড়াতে, তারা নীল এ থাকবে দুই দিন, তারপর হ্যাভলক ফিরে কয়েক দিন কাটিয়ে পোর্ট ব্লেয়ার ঘুরে বাড়ির প্লেন ধরবে!

নীল দ্বীপ, কি অপূর্ব! ভাষায় যার রূপ বর্ণনা অসাধ্য, আকাশ সমুদ্র দুরান্তে মিলিত হয়েছে, ক্যালসিয়াম কার্বোনেটের গঠন শৈলী ফাঁকে ফাঁকে গাছ, তাদের আশ্চর্য রূপ, ছোট বড়ো মাছ কাঁকড়া ঝিনুক সাপ দের রাজত্ব, গাইড যিনি আছেন তিনি সবার আগে চলেছেন, বর্ষা তে কি ভয়ঙ্কর হয়ে ওঠে সমুদ্র, সেই কথা বলছেন, এখন নাকি সমুদ্রের জল সরে গিয়েছে, কি অদ্ভুত গাছের গঠন, নানা আকারের বড়ো পাথরের ওপর দিয়ে তারা হাঁটছে, দুরে সমুদ্র জল ত রঙ এসে ভাসিয়ে দিচ্ছে একদিকে বালুকা রাশি,অপর দিকে বালি পাথরের অপূর্ব রচনাকে! কি বলে বর্ণনা করা যাবে একে! না এলে তো বুঝতেই পারতো না সে! কে আছেন আড়ালে? আপন মনের মাধুরী মিশিয়ে যা তিনি রচনা করেছেন, বাক রুদ্ধ দুই দিদিমনি!, অপরূপ প্রকৃতি, গাছের গঠন, সবই এখানে আশ্চর্য!

বিকেলের দিকে তারা গেল সূর্যাস্ত দেখতে! একদিকে ছোট দ্বীপ, ওপর দিকে নাম না জানা সবুজ শ্যামলিমায় ভরা ছোট্ট আরেকটি দ্বীপ,

মানুষের যেখানে অবাধ গতি নয়, প্রকৃতি শাসন করছে সবকিছু, দূরে যিনি সকল শক্তির উৎস সূর্যদেব আস্তে আস্তে অস্ত যাচ্ছেন তার স্বর্গীয় আভা ছড়িয়ে পড়ছে চারিদিকে, জীবন তো এমনই আসলে! আনন্দিত, উদ্বেলিত কৌতূহল এ মোড়া! মানুষই প্রকৃতির রূপ রং স্পর্শ গন্ধ তে আকৃষ্ট হয়, কই? বনের পশুরা তো তো আনন্দিত হয় না এত! তারা তো ক্ষুধা নিবৃত করেই সন্তুষ্ট, কিন্তু মানুষ? তাদের চোখে ই ধরা পরে বিধাতার অকৃপণ দান! তাই কবি লিখেছেন, কোথায় যেন, "একলা আমি বাহির হলেম, তোমার অভিসারে, সাথে কে চলে মোর নীরব অন্ধকারে। আছেন! তিনি আছেন!উর্মির পাহাড় প্রমান অভিমান, দুঃখ তে যেন প্রলেপ পড়ছে বহুদিন পরে, কত কত দুঃসহ রাত্রি, কষ্টের রাত্রি কেটেছে তার, বিনা দোষে দুষ্ট হয়েছে সে!এই কি সংসারের নিয়ম? তাই যদি হয় তবে সেই সংসার তার আর দরকার নেই প্রভু!

রঞ্জনা সূর্যাস্ত দেখতে সমুদ্রের কাছে এগিয়ে গেছে কিছুটা, তার নিজের জীবনে র কথা মনে পড়ছে, পর্যন্ত বেলার সূর্যের আভা তে আলোকিত অলৌকিক লাগা নীলের সবকিছুর দিকে তাকিয়ে, পড়ন্ত বেলা! সত্যি তো! তার জীবনও তো এবার বেলার দিকে প্রকৃতির নিয়মে!

চল্লিশের দিদির হঠাৎ মনে হয়, আচ্ছা সাহেবের সাথে তার আবার দেখা হবে তো? তার এমন মনে হলো কেন? সে তো আর কারো সাথে কোনো কিছুতে জড়াবে না, ঠিক করেছে! মানুষের প্রবৃত্তিই বুঝি এমন! তার ভুল হয়ে গেছে জীবনে কত বড়ো! তাও,তাও আশা যে যায় না! সে কি একা বোধ করে, মা, জেঠিমা দাদা ভালো বন্ধু থাকা সত্ত্বেও তার মনে হয় থাকতো যদি কেউ! যাকে কর্মক্লান্ত দিন শেষে সব কথা বলা যায়!হবে না, কোনোদিন!, জানে সে. পুরুষের যে খারাপ রূপ সে দেখেছে, যে মানসিক, শারীরিক যন্ত্রনা পেয়েছে, সব বিশ্বাস তার শেষ যেন! তার কপালে কত কষ্ট লিখেছে ভগবান! চাকুরী টি সে মা হবার আগে পেলে হয়তো বাচ্চাটিকে কিছুতেই মরতে দিতো না সে! তাকে একা মুখ বুঝে সব যন্ত্রনা সইতে হয়েছে, তবে সে মারা গেলে, বাচ্চা টি কে কে দেখতো? এটিও তো বড়ো প্রশ্ন! তার তথাকথিত স্বামী বাচ্চাটিকে তো স্বীকার ই করতে চায় নি!

অতীত, বড়ো কষ্টের অতীত, পরে শুনেছে সে এমন নাকি হয় অনেক সময়, হতে পারে!সব বেদনা, সব দায় ভার যে তার! তার একার! বেশ!

তোমার দেওয়া দুঃখ সয়েছি ঠাকুর, কিন্তু ভারী কঠিন যে সব কিছু মেনে নেওয়া, গণিতের দিদির দু চোখে জলের ধারা, তার মৃত সন্তানের কথা ভেবে, নীল এ তখন সূর্য অস্ত গেছে সমুদ্র পারে, দুই চারিটি দোকানের আলো জ্বলে উঠছে, সামনে ঢেউ আর বিভঙ্গে খালি ওঠা পড়া, জীবনের মতো কি? তার জীবনে তো পড়ে যাওয়াই বেশি!

ছোট্ট থেকে দেখেছে সে,তাদের বাড়ি যেন জাদু দিয়ে ভরা ছিল, বাবা মায়ের ভালোবাসার জাদু বোধকরি! সে মা এর কিছু বেশি বয়সের সন্তান, তাই বাবা মা যেন কিছু বেশি প্রশয় দিতেন! সে একটু বেশি অনুভূতি সম্পন্ন, তাই কারো রূঢ় কথায় চোখে জল আসতো গোপনে, মাস্টার মশাই যখন " এল বি . ডাবলু, এটাও বোঝো না তুমি" বলে চূড়ান্ত ব্যাঙ্গ করেন ১৩ বছরের মেয়ে টিকে, চোখে জল ঝরতোআড়ালে!

রঞ্জনার হাত পরে তার কাঁধে র ওপর, হঠাৎ একটা ফোন আসে,রঞ্জনা হেসে উত্তর দেয়। তার দিকে তাকিয়ে দুষ্টুমির হাসি হাসে! কি হলো ওর? বুড়ো বয়সে প্রেমে পড়লো নাকি ও? "কে বলতো ফোন করলো?" কি করে জানবো?, "আরে ম্যাকেঞ্জি সাহেব ফোন করলো, আমরা ঠিক পৌঁছেছি কিনা এখানে," "তুই থাক তোর সাহেব নিয়ে!", আমার সাহেব? রঞ্জনা জোরালো হাসি তে ফেটে পরে! হ্যাভলক যেতে যেতে সেই অপূর্ব দৃশ্য, সমুদ্র বুকে খুব আস্তে আস্তে সন্ধ্যা হচ্ছে, কত অন্ধকার রাত পেরোতে হল তাকে, বাবার এত শরীর খারাপ হতো তার পড়া শেষ হবার আগেই, তাই মনে হতো হয়তো জামাই এসে দেখবে কিছুটা,ভগবান হাসলেন আড়ালে, জামাই এল ঠিকই,তবে সে নেওয়ার জন্য এসেছে আর, যা পেয়েছে যৌতুক তা তার পছন্দ হয়নি। মা বুঝতে পেরেছিলেন তার শ্বশুর বাড়ি কথায়, শাশুড়ির কথায়!বিয়ে কেমন হওয়া উচিত! দুটি প্রাপ্ত বয়স্ক মানুষ মানুষীর মনের মিল, সুখে দুঃখে এক সাথে থাকা, এই তো!

সঙ্গে দুটি পরিবার ও জড়িয়ে থাকে, সে তো এই গুলোই দেখে বড়ো হয়েছে, কেউ কাউকে কথা দিয়ে আঘাত করে না, দেনা পাওনার জন্য বৌ কে দোষী করে না, তার স্বামী, শ্বশুর বাড়ি আসলে টাকার কাঙাল ছিল! তারপর বাচ্চা টির খুঁত থাকায় তাদের মাথায় যেন বাজ পড়েছিল! কিন্তু কেউ যেন তাকে রাস্তা দেখিয়ে ছেন, তার মা তার হাত ছাড়েন নি, একি কম পাওয়া! জেঠিমা, দাদা রঞ্জনা সবাই তাকে সাহস জুগিয়েছে! কেটে গেছে

কত বছর, চাকুরী, স্কুলেআর মেয়ে দের নিয়ে জীবন চলেছে, কেউ কেউ তার আবার বিয়ের কথা বলতেন, সে তো দেখতে খারাপ নয়, মা হাসতেন শুনে, হেসে বলতেন "ওকে ওর ভালো বুঝতে দাও, তোমরা ভেবো না!"

হ্যাভলোকে ফেরে তাদের ছোট জাহাজ, রিসোর্ট এ ফিরতেই সামনে সাহেব কে দেখতে পায়ে সে। একমুখ প্রাণখোলা হাসি তে আহ্বান জানান যেন উনি! রঞ্জনার সাথে কথা বলতে থাকেন, যেন কত চেনা আপন জন, রঞ্জনাও হেসে কত কথার উত্তর দিতে থাকে, হঠাৎ মনে পড়েছেউর্মির! একটি প্রজেক্ট আছে স্কুলে, সমুদ্র তলার প্রাণী নিয়ে, সাহেব হয়তো কিছু ভালো তথ্য দিতে পারবেন! কথাটি সে বলেই ফেলে, আবার উনি হেসে ওঠেন তাকে যে সে এই কথাটি বলার যোগ্য মনে করেছে, তাতেই নাকি তিনি ধন্য। আচ্ছা, লোকটি যেন কেমন! তার দিকে যখন তাকাচ্ছে যেন ভেদ করে দেখে নিচ্ছে সব কিছু! না না, এত ভালো কথা নয়! সে ঘরে ঢুকে যায়, কিছু কাজ আছে তার।

তারা যাবে কালা পাহাড় দেখতে, কালা পাহাড় আর এক সমুদ্র তটভূমি, কাছের জল,আকাশি, দুরের জল ঘন নীল, রঞ্জনা পাশে বসে আছে তার,তার মুখ গম্ভীর দেখে রঞ্জনা বলে উঠলো, " ভুল ভাবছিস, সাহেব আসলে ভালো লোক,ওনার মায়ের চেহারার সাথে নাকি মিল আছে তোর কিছুটা, তাই উনি চোখ ফেরাতে পারছেন না, ডেভিড ম্যাকেঞ্জি, সবাই না চিনলেও, চেনে ওনাকে অনেকেই, বই আছে রে, ওঁনার, with ocean বই টা তো স্কুল এ পড়ানো হয়! কি! বলে রঞ্জনা!

রবার্ট ডেভিড ম্যাকেঞ্জি কি ওনার নাম? " হা রে! " উর্মির মনে যেন কিসের তোলপাড় চলতে থাকে, সে কি এক বিশেষ প্রতিভা কে খুব কাছ থেকে দেখছে?

কালাপাহাড় এর কি অপূর্ব রূপ! বিস্ময়ে স্তব্ধ সে আর রঞ্জনাও। মা প্রকৃতি এত সম্পদশালী, এত তার শক্তি, শতকোটি প্রণাম, তাকে যিনি সব কিছুর রচয়িতা। কিছু পরে তারা হোটেলে ফেরে, উর্মি মনে মনে ব্যস্ত হয়ে পরে, যদি বইটি পাওয়া যায় ওনার কাছ থেকে। রিসোর্টের ঘরে একতলা জানালাতে রৌদ্র এসে পড়েছে, শেষ বিকেলের আলো তে সাহেব কে যেন কোনো ধ্যান মগ্ন ঋষির মতো লাগছে, টেবিলে বই খোলা, কিছু লিখছিলেন মনে হলো, তার উপস্থিতি ঠিক খেয়াল করেননি, হঠাৎ ধাক্কা লেগে গেল

তার চেয়ার সাথে, এবার সাহেব খেয়াল করেছেন, here you are, ভরাট গলা কানে যেতেই উর্মি কেমন লজ্জাতে লাল হয়ে যায় সে যে দরকারে এসেছে, একা আসা ঠিক হলো কি? রঞ্জনা আসলে লালির সাথে ফোন এ কথা বলছে এত, সে তাড়াহুড়ো করে চলে এসেছে!

ভাঙ্গিসগিয়েছিলো সেদিন সে সাহস করে, না হলে হয়তো একটি সত্যি করে ভালো মনের পুরুষের খোঁজ সে পেতো কি? পুরুষ জাত,সবাই তো তার স্বামীর মতো নয়, সবাই খারাপ নয়! হতে পারে না! সবাই খারাপ হলে তো পৃথিবী যে নরক হতো!কথায় কথায় গল্পে কত সময়, যে চলে যায়, আশ্চর্য!

বড়ো কষ্টের জীবন সাহেবের, ১২ বছরে মা বাবা র এক দুর্ঘটনায় মৃত্যু, তারপর জীবন কত এলোমেলো ওনার! কেউ কোথাও পথ দেখিয়ে নিয়ে চলেন কি আড়ালে ?তারপর বাকি টা চেষ্টা! এক ফাদার কে পেয়েছিলেন উনি জীবনে, যিনি বলেছিলেন, "পড়ো, পড়ে যাও, বইইই বন্ধু, এর মাধ্যমে জানতে পারবে অনেক কিছু, যা তোমার সাথে বিশ্বাস ঘাতকতা করবে না!" সেই থেকে নিজ চেষ্টায় পড়েছেন সমুদ্র বিজ্ঞান, আর কর্ম সূত্রে তিনি ভারতে এসেছেন, এই দেশ তার খুব ভালো লাগে, তার মায়ের পরিবারের কেউ বোধ করি ভারতীয় ছিলেন, দিদিমা ই হয়তো! আর তাই, তাই উর্মির চেহারা যেন তার খুব চেনা লাগছে, দিদিমার ছবি তিনি দেখালেন ও। সব শুনে উর্মির মনে কত কি আলোড়ন চলছে, মনের মিল না হওয়াতে স্ত্রীর সঙ্গে বিচ্ছেদ হয়েছে অনেক আগেই, তারপর থেকে উনি একা! ঘুরে বেড়ান দেশ বিদেশ, গবেষণার কাজের সূত্রে, কথায় কথায় কত যে সময় কেটে যায়, উর্মি বই টি নিয়ে চলে আসে!

রঞ্জনা ঘুমিয়ে পড়েছে,রাত বারো টা, ঘুম নেই তার চোখে! বই টি খুলতে ছোট্ট একটি কাগজ পায় সে,will you marry me? হ্যাভলকের পরিষ্কার আকাশ আজ তারা ভরা!ওই দূরে কি উল্কা পাত হল? তার বাবা কি হাসছেন? কাকে বলবে সে প্রথম এই কথা ? তার লোভ হয় ইচ্ছা হয়, কারো সাথে সুখে দুঃখে থাকতে, কিন্তু বাস্তব অভিজ্ঞতা যে বড়ো কঠিন!

অর্থনৈতিক ভাবে যদি সে না দাঁড়াতে পারতো, চাকুরী টি না পেতো, কি হতো তার? সবাই সামনে এসে সহ মর্মিতা দেখাতো, চোখের জল ফেলতো, উপকার কিছু পেতো কি রঞ্জনাদের পরিবার ছাড়া? কে জানে!

এমন একজন ঋষির মতো, পন্ডিত, উদাসী সত্যিকারের মানুষের কাছে থাকতে তার যে সাধ হয়! একমাত্র মা ই পারবে সঠিক পথ বলতে! তার সময় চাই,এত তাড়াতাড়ি সে কিছু বলতে পারবে না!

কাল তাদের পোর্ট ব্লেয়ার যাবার কথা, জাহাজে, নারকেল গাছের পাতা হ্যাভলোকের হাওয়াতে লুটিয়ে পড়ছে, চাঁদের আলোতে চক চক করছে! উর্মির চোখ ও কি চক চক করছে তার অপমানিত বিবাহিত জীবন কথায়! একজন যদি আর একজনের ওপর সব দোষ চাপিয়ে যায়, কতদিন টিকবে সে সম্পর্ক? এটা উচ্চবিত্ত আর নিম্নবিত্ত দের সমস্যা নয় বোধ করি,এ বিশেষতঃ মধ্যবিত্ত দের সমস্যা, তাদের লোক লজ্জা বেশি, সমাজ কে যে ধারণ করে বেশি তারা!

কত মেয়ে যে চোখের জল ফেলে আড়ালে, লোকলজ্জার ভয়ে! না সাহেব যতই বলুক, তার অনেক সময় চাই!পোর্ট ব্লেয়ার থেকে ড্রাইভার সহ তারা দুজন যাবে জারোয়া দের জঙ্গলে।

ওমা সাহেব এলেন! তিনি ও নাকি রঞ্জনাকে বলে রেখেছিলেন, তিনি যাবেন তাদের গাড়ি তে! আশ্চর্য, এ লোক টি তো পিছু ছাড়তে চাইছে না! না না, উর্মি আগুনের ওপর দিয়ে রাস্তা হেঁটেছে, সে গলবে না সহজে!

গাড়ি তে তারা যাবে বারাটাং, প্রকৃতি রূপ বদলাতে শুরু করেছে এখানে, বড় বড় গাছ দেখা যাচ্ছে, হরিণ রাস্তায় নির্ভয়ে চড়ছে, অসংখ্য পাখি ডাকাডাকি করছে, কি আনন্দ তাদের! মুক্তির আনন্দে কি? উঁচু বাঁশ গাছের সারি, বড়ো বড়ো আম জাম, উক্যালিপটাস গাছের সারি, কার রচনা এগুলো! জঙ্গলে কি যেন একটা পোকার ডাক শোনা যায়, কেউ বেশি কথা বলছে না, সাহেব একবার বললেন, splendid, এই জঙ্গলে শহুরে মানুষের শব্দ যেন বেশি আশ্চয শোনালো, এ জঙ্গলের রূপ শুধু অনুভব করার। সে ও রঞ্জনা একেবারে অবাক হয়ে বসে আছে, আগে তারা জঙ্গল দেখলেও এই রূপের সাথে পরিচিত নয় একেবারেই। গাড়ি থামলো! আবার বড়ো জাহাজে ওঠার পালা! জাহাজ করে তারা কিছুটা সমুদ্র পথ পেরিয়ে আবার বোট এ করে পৌঁছবে জারোয়া অঞ্চল, সভ্য সমাজ বিচ্ছিন্ন এ অঞ্চল, সাহেব আবার গল্প জুড়েছে রঞ্জনার সাথে, ওনার জানা এ অঞ্চল, অপূর্ব, আশ্চর্য প্রকৃতি এখানে, সে কথাই বলতে বলতে চলেছেন তিনি, বোট চলেছে নিজস্ব গতিতে, শক্ত হাতে হাল ধরে আছে মাঝি, সাহেব কেন এলেন আবার?

ওনার মায়ের মুখ উনি ভুলতে পারেন না তাই! এতদিন পরেও তাই ওনার মতো একজন জনের মুখ দেখেই বিমোহিত হয়ে গেলেন! উনি হলেও উর্মি হবে না, সে ও তো মুগ্ধ হতেই চেয়েছিলো! "করতে বাধ্য তুই সব কাজ" ওফ! তার স্বামীর দুর্ব্যবহার, দুর্বাক্য,কেউ যেন মনে হয় কানে সীসা ঢেলে দিতো, স্বামীর কিন্তু হেলদোল ছিল না, অত্যাচার, স্বামী শাশুড়ির অত্যাচার, শ্বশুর সরাসরি না বললেও সম্পূর্ণসায় ছিল ওদের আচরণে, অথচ বিয়ে হবার আগে তো কত ভালো ভালো কথা! তাকে দেখে! তার রেজাল্ট দেখে! বিধাতা যখন তাকে দুঃখ দিলেন, পাশে কেউ রইলো না তার, স্বামীও না! আবার সে এই ফাঁদে পড়বে না কিছুতেই!

জাহাজ এল আন্দামানের এক প্রান্তে, ছোট্ট বোট এ উঠতে হবে তাদের, আর উঠতে গিয়ে উর্মির পা পিছলে যায় আর কি, না, পড়ে নি, ধরে ফেললেন সাহেব, সকলের সামনে কি লজ্জা! হালকা শীতে ও ঘেমে ওঠে সে!

তারা এসে পৌঁছয় এক আশ্চর্য জগতের সামনে বাঁশের সাঁকো দিয়ে তৈরী সিঁড়ি, দুই পাশে সুন্দরী গরান গাছের রচনা, তাদের শিকড় উঁচু হয়ে রয়েছে, হাঁটতে গিয়ে এতটুকু পা ফস্কালে পতন অনিবার্য! নিচে অত্যাশ্চর্য গাছ,অসংখ্য নানারকম সাপ সহ বিষাক্ত জীবের বাস! এ কোথায় এল তারা! হাঁটতে হবে নাকি দেড় মাইল সেখানে ক্যালসিয়াম কার্বোনেটের এক গুহা আছে, সমুদ্র যার পদ তল ছুঁয়ে রয়েছে। এখানে নাকি দল বেঁধে যাওয়া নিয়ম, জারোয়া রা তীর ছুড়তে পারে! রঞ্জনা এগিয়ে গেছে, কিছু টা, সে কিছু পিছিয়ে পড়েছে, হঠাৎ পায়ে বাঁশের খুঁচি লেগে পরে যাচ্ছিলো সে আবার, you did not give your answer সাহেবের মুখে চোখে একটুও লজ্জা নেই, সূর্যের আলোর মতো উজ্জ্বল! কে এনি? তার ওপর এত জোর খাটাচ্ছেন? ইনি কি বহু জন্মের চেনা? তার যে সময় চাই কিছুটা! take time sweet lady, ঘেমে ওঠে সে! রঞ্জনা ডাকে তাকে ......". উর্মি কোথায় গেলি? ", রাস্তা প্রায় দুই মাইল, গুহার গঠন অন্য রকম, বহু বছর ধরে জল চুঁইয়ে পরে এমন তৈরী হয়েছে, সূর্যের আলো ঢোকে না এমন জায়গা, গাছের কি উচ্চতা! জঙ্গল এর মেজাজই আলাদা,এখানে! দেখে দেখে বিস্ময় কাটে না, আবার ফেরা একই রাস্তা ধরে, নীল জল অসীম আকাশ খোলা প্রকৃতি, ভগবান কি সত্যি তাকে আবার আনন্দের সাথে বাঁচার সুযোগ করে

দিলেন ? দিতে চান? নয়তো এতদিন পরে এমন একটি লোকের সাথে তার পরিচয় হবে কেন? দূরে জারোয়া দের কুটির দেখতে দেখতে উত্তাল সমুদ্র পথে আবার ফেরা, আবার জাহাজে ওঠা, বেলা পড়ে আসছে, ড্রাইভার খুব দ্রুত গাড়ি চালাচ্ছে যেন এই জঙ্গল থেকে বেরিয়ে গেলে সে বাঁচে, পড়ন্ত আলোয় সব কিছু ভারী মায়াময় দেখাচ্ছে, তার মনে অনেক দিনের যে দুঃখের পাহাড় জমে ছিল, তাতে যেন কিছু প্রলেপ পড়ছে, একবার ঠকেছে সে!তা বলে কি বার বার ঠকবে জীবনে?, এও কি তাকে অপমান করবে? করতে পারে? এই পড়ন্ত বেলায় তাকে কেউ এমন আকুল করে চাইলে সে ফেরায় কি করে! কথা বলতে হবে মায়ের সাথে, কাল তাদের ফেরার প্লেন, সাহেব এখন থাকবেন হ্যাভলক!

রঞ্জনা সব বুঝেছে ওর খাঁটি জহুরি চোখ, ও যে অমৃতর স্বাদ পেয়েছিলো কিছুদিনের জন্য!

উর্মি এবার সাহেবকে জানায় তার জীবনের কথা, জেনে উনি ব্যথিত হন, না, না তিনি মনে করিয়ে দেবেন না কোনো দিন

তার পুরোনো স্বামীর কথা, মৃত সন্তানের কথা! জীবনে এমন হয়, হতে পারে হয়তো! সত্যি কার দুঃখ যে পেয়েছে সেই হয়তো প্রকৃত স্বরূপ বুঝেছে ঈশ্বরের, একথা তিনিও যে জীবন দিয়ে অনুভব করেছেন! সহজ ছিল বুঝি একটি ১২ বছরের অনাথ ছেলের বাঁচা? এত বড়ো পৃথিবীতে ? কি মনে হয় উর্মির ? সত্যি তো! আমরাসবাই একটি অনন্ত পথের যাত্রী, যাবার পথে কেউ হয়তো ভালো হবে, কেউ মন্দ,মন্দ দের ত্যাগ করে যদি সবাই চলতে পারি, ভালো যেটুকু আসবে চলার পথে, তাকেই আঁকড়ে ধরে বাঁচি, বাঁচতে চাই ভুল হবে কি আবার?

গত চার বছর ধরে সমানে সাহেব যোগাযোগ রেখে গেছে তার সাথে, তার মফস্বলের বাড়িতেও এসেছে সাহেব, মা মত দিয়েছেন, জেঠিমাও আশীর্বাদ করেছেন, এক হয়ে যাবার কথা বলেছেন দুজনের যাত্রা পথ কে! ভাবতে ভাবতে আজ উর্মির বয়স পয়তাল্লিশ, সাহেবের পঞ্চান্ন, না কোনো তাড়া উনি দেন নি, কোনো দিন!

এ বার চুক্তি করেই বিবাহ হলো তার! রেজিস্ট্রি ম্যারেজ যাকে বলে! রঞ্জনা দুষ্টুর হাসি আজ আর কমছে না, জোর করে তাকে চন্দন রঙের

বেনারসি পড়িয়েছে, গলায় দুলছে, মুক্তোর হার, কানে মুক্তোর দুল, খোঁপাতে লাল গোলাপ জড়ানো মালা, সাহেব কেও ছাড়েনি, তাকে ধুতি পড়িয়েছে, বলেছে আমাদের culture, জীবনের অমৃত পাত্র কি কোথাও পূর্ণ করে রেখে ছিলেন ভগবান, তার জন্য? না হলে এই যে চার বছর ধরে সে বার বার এসেছে আন্দামান সে কি শুধু প্রকৃতির টানে? না অন্য কিছুর টানেও! তার হঠাৎ টাইফয়েড হয়ে গেছিলোএখানে এসে একবার, সে সাহেব কে তার সেবা করতে দেখেছে, তার অসুস্থতায় কি যে অসহায়তা দেখেছে সে এই বিদেশির! আর ঠিক তার পর ই সে সিদ্ধান্ত নিয়েছে ঘর বাঁধবে তারা দুজনে! হোক না সে পয়তাল্লিশ,সাহেব পঞ্চান্ন, মনের কথা বলার তো একজন লাগে, মা বলেন, আর মনের মিল ই তো আসল বিবাহ!

সমাজে তো কত বিবাহ হয়, মনের মিল হয় কি তাদের? না পরিবেশ পরিস্থিতির চাপে নিজেদের বলিদান দিতে বাধ্য হয় মেয়েরা? সাহেব এখানকার নাগরিক নন, পুরো তিনি থাকতে পারবেন না এই দেশে, আপাতত উর্মি আর তিনি অল্প কিছুদিন থাকবেন, পরে যাবেন নিজের দেশ ফ্রান্স, সময় করে সেও যাবে, এই কি জীবন? "... কিছু হারায় না, হারায় শুধু চোখে, " যাত্রা পথের অন্ধকার ফিকে হয়ে এল বুঝি, হেমন্তের কত পাতা কত দিন ধরে ঝরেছে বুকে, নতুন পাতা গজিয়ে উঠলো কি পড়ন্ত বেলায়? কত দিন রাতের ছোট্ট ছোট্ট ঝরে পড়া চোখের জল সব যেন একত্র হয়ে আজ উদাত্ত সমুদ্র প্রকৃতির তরঙ্গের আনন্দিত রূপের সাথে মিলিত হবার আনন্দে উদ্বেলিত! কে যেন আড়ালে বলছেন মা ভৈ, বাবা কি হাসলেন? পোর্ট ব্লেয়ার এর রিসোর্ট আজ ফুলে সজ্জিত, ছোট্ট আয়োজন! তার ঘনিষ্ঠ আত্মীয় রা, আর সাহেবের কিছু বন্ধু এদেশের! গল্পে গানে, রাত ভোর হয়ে এল, উর্মি কে কি অপূর্ব লাগছে!নতুন সূর্যোদয় হলো কি তার জীবনে ? অনাগত নতুন জীবনের আনন্দ সাহেব আর দিদিমনির মুখে চোখে! রঞ্জনা, দাদা, বৌদি, লালি, মা, জেঠিমা সবাই খুশি, আনন্দিত, নীল সমুদ্রের জল ও যেন উচ্ছল হয়ে গড়িয়ে পড়ছে, বাঁধ ভাঙ্গা আনন্দে! ◻

চিঠি

প্রথম পর্ব

পাতা ১

১২ নভেম্বর ১৮৭০, ফ্রান্স,

আবুল, আমি লিলি, তোমাকে আমার খুব ভালো লাগে, আমি তোমাকে ভালো বাসি। আমরা দুজনেই ফ্রান্সের lille কলেজে পড়ি। তুমি আমাকে চেনো না, আমি মাইক্রো বায়োলজির দ্বিতীয় বর্ষ, তুমি চতুর্থ বর্ষ, কলেজেরই একটি অনুষ্ঠানে দেখেছি তোমাকে! দেখে আমার কি মনে হলো জানো? আকাশে যেমন হঠাৎ রামধনু দেখা যায়, বৃষ্টির পরে! এক চোখ ধাঁধানো সৌন্দর্যে সমস্ত প্রকৃতি অপরূপ হয়ে ফুটে ওঠে, তেমনি! মনে হলো তুমি যেন আমার অনেক দিনের চেনা! কালো এক মাথা চুল, কালো দাড়ি, ফর্সা রং, বুদ্ধিদীপ্ত চোখ, প্রাণ খোলা হাসি আর তারপর শুনলাম তুমি আমাদের বিভাগে ই সোনার মেডেল পেয়েছো! সব মিলিয়ে দেবদূতের মতো লাগলো তোমাকে আমার! আমি ভেসে গেলাম! রোজ ক্লাস শেষ করে তুমি ক্যান্টিন এ যাও, আমি কলেজের ক্যাম্পাসের সাজানো বাগানের এক পাশে বসে থাকি, তোমাকে একটু দেখবো বলে, তুমি চুপ চাপ হেঁটে চলে যাও, কোনো সময় কত কি বোঝাতে বোঝাতে যাও বন্ধু কে, আমি তোমার গলার স্বর চিনি, মনে হয় আলাপ করি তোমার সাথে, কিন্তু হঠাৎ যেচে কথা বলতেও লজ্জা লাগে! আলম এর হাত দিয়ে আমি এই চিঠি দিলাম, ও আমার পাড়া তে থাকে, তোমার বর্ষের ই ছাত্র, তোমাকে চেনে বললো! উত্তর দিও কিন্তু!

পাতা ২

১৪ নভেম্বর, ১৮৭০, ফ্রান্স

আবুল, আমি মাঝে মাঝে বাদ দিতাম কলেজ আসা, কিন্তু তোমার সাথে দেখা হবার জন্য এখন আমি রোজ আসি, আমি তোমার উত্তরের

অপেক্ষা করছি! তোমার আপত্তি নেই তো আমার সাথে মিশতে বা কথা বলতে!শুনলাম, আলম কে বলেছো, তুমি গরিব ঘরের ছেলে, সুদুর ভারত তোমার দেশ, ওখানে তোমার মা আছেন, পারিবারিক অবস্থা বিশেষ ভালো নয়, কষ্ট করে টাকা জোগাড় করে, তুমি পড়তে এসেছো! আচ্ছা, আমাকে দেখে কি তোমার খুব বড়োলোক মনে হয়? মানুষ কি বাজার বা দোকানের জিনিস যে টাকা বেশি থাকলেই তারা, খুব বেশি মনুষ্যত্ব সম্পন্ন? আর টাকা কম থাকলেই তারা মনুষ্যত্বের মাপকাঠি তে কম? আমার বাইরে দেখেই ভেতর বিচার করো না!

পাতা ৩

৫ জানুয়ারী, ১৮৭১, ফ্রান্স

আবুল my love তুমি খুব লাজুক, তাই এতদিন পরে আমার চিঠির উত্তর দিলে, তবে তুমি আমার চিঠি র উত্তর দিয়েছো অবশেষে! ওহ! কি যে ভালো লাগছে! আমি কত দিন ধরে অপেক্ষা করে ছিলাম তোমার এই চিঠির জন্য! ফ্রান্সে এখন ফুল ফোটার সময়! শীত এসেছে, গোলাপ, ডালিয়া, ড্যাফোডিল, আইরিশ, লিলি, নানা অর্কিড উনিভার্সিটির চারিপাশ ফুলে ফুলে ভরে আছে, মাঝে সোজা সুন্দর রাস্তা চলে গেছে, আমার খুব ইচ্ছা করে তোমার হাত ধরে ওই রাস্তা দিয়ে হেঁটে যেতে, রাস্তার মাঝে মাঝে গ্যাস আলোর বাতি, বসার জায়গা ২ পাশে, প্রকৃতির আশীর্বাদ নিয়ে বড়ো বড়ো গাছ রা দাঁড়িয়ে আছে, পছন্দের মানুষের সঙ্গে যদি আমি থাকতে পারি কথা বলতে পারি, আর কি চাই জীবনে? যদি সারা জীবন তোমার সঙ্গী হতে চাই? জীবন সঙ্গী? আপত্তি নেই তো তোমার? তুমি আবার আমাকে ফুলের সঙ্গে তুলনা করেছো! যাহ! আমার লজ্জা করে না বুঝি! এমন বললে? তোমার সৌন্দর্য, বুদ্ধিমত্তার কাছে আমি দাঁড়াতেই পারি না, হলোই বা আমার সোনালী চুল, বড়ো বড়ো চোখ, তবে তুমি একটি কথা বলেছো, তোমার ও আমার ধর্ম আলাদা! তুমি মুসলিম আর আমি খ্রীষ্টান কিন্তু মানুষ তো আমরা! কাটলে যে একই রক্ত বেরোবে! শুধু আলম জানে আমার কথা, আমার মা, দাদা খুব রক্ষণ শীল আর রাগী জানো! বাবা রক্ষণ শীল হলেও কিন্তু এত রাগী ছিলেন না! বাড়ি থেকে আমাকে একটুও ছাড়ে না! এই কলেজ আসা

আর বাড়ি যাওয়া আবার বাড়ি যাওয়া আর কলেজ আসা! শুনেছি কিছু দিন পরেই আমার বিয়ে দিয়ে দেবে! আমি আর কাউকে বিয়ে করবো না আবুল, আমি বুঝি মানুষ নই? মন নেই আমার? যে যার তার সাথে আমাকে বিয়ে দিলেই হলো! তোমাদের দেশে এমন হয় শুনেছি, বিয়ের আগে পাত্র পাত্রী কেউ কাউকে চেনে না পর্যন্ত! বাড়ির এই কড়া শাসনে আটকে থাকতে থাকতে আমার যেন দম বন্ধ লাগে, মনে হয় কারো সাথে’ কোথাও চলে যাই, নিয়ে যাবে আমায় দূরে কোথাও? তোমার দেশে?

পাতা ৪

২০ জানুয়ারী, ১৮৭১, ফ্রান্স

আবুল, তোমার সাথে দেখা হলো অবশেষে! আমি যে কত দিন অপেক্ষা করেছি মনে মনে! জানলাম, ভারতের আগ্রাতে তোমার বাড়ি, বাবা নেই, মা থাকেন কাকা দের কাছে, তুমি পড়তে এসেছো, অর্থনৈতিক অবস্থা খুব ভালো নয়, তাই তুমি বড়ো লোকের মেয়ে দের সাথে মিশতে, কথা বলতে স্বাচ্ছন্দ্য বোধ করো না, আচ্ছা, আমাকে খুব বড়ো লোক মনে হয় তোমার? আমার বাবা ফ্রান্সের অধিবাসী ছিলেন, গোটা ৫ বাড়ি আছে, ব্যবসা আছে, তুমি কি মনে করো টাকা থাকলেই মানুষ খুব বড়ো হয়ে যায়? তোমার ধারণা ভুল! শিক্ষা, সংস্কৃতি মানুষ কে সমৃদ্ধ করে, সত্যিকারের বড়ো করে, তুমি তো কত ভালো আমার চেয়ে লেখা পড়াতে! সব বোঝো আর এগুলো বোঝো না! পড়া শেষ হলে তুমি আমাকে তোমার দেশে নিয়ে যাবে!, আমিও ধর্মান্তরিত হবো! ভালোবাসলে লোকে সব পারে! আমিও পারবো!

পাতা ৫

৫ ই ফেব্রুয়ারি, ১৮৭১ ফ্রান্স

আবুল, ভারী সুন্দর দেশের নাম তোমার, ভারত!শুনেছি ওখানে সব আছে, পাহাড়, নদী, সমুদ্র, ঝর্ণা নানা ফুল, আমাদের দেশের মতো শীতে এত ঠান্ডা পরে না, আমি যেমন শীতের সাথে অভ্যস্ত, তুমি তেমন গরমের

সাথে অভ্যস্ত, আমিও মানিয়ে নেবো তোমার দেশে, তুমি দেখো! আমার কোনো কষ্ট হবে না, তুমি পাশে থাকলে! আর একটি কথা তোমাকে পরিস্কার বলি, আমি মানুষের তৈরী এই ধর্মের ভেদাভেদ মানি না! আমার এত সাহস কি করে? শোনো তবে বই পড়ে, পড়ে। কোথাও কোনো ধর্মে, মানুষ হয়ে মানুষ কে খুব ছোট করার কথা লেখা নেই, বিজ্ঞানের ছাত্রী হলেও, পড়ার বাইরে ও পড়া আমার অভ্যাস, বাইবেল, অনূদিত বেদ, উপনিষদ পুরো না পড়লেও আমার ধারণা আছে, আমার বাবা যে নানান বই পড়তেন, জাতের নামে বজ্জাতি যত দিন চলবে, তত দিন মনুষ্যত্ব অবহেলিত হবে, জল্লাদের উল্লাস চলবে, ধর্মের নাম করে কিছুলোক চিরকাল সুবিধা নিয়ে যাবে!

পাতা ৬

২০ শে ফেব্রুয়ারি, ১৮ ৭১, ফ্রান্স

আবুল, আমি তো ফ্রান্স ছেড়ে কোথাও যাই নি কোনো দিন শুধু মাত্র কোনো সময় একটু সমুদ্র পাড়ে বেড়াতে গেছি, তাও কম সময়ের জন্য! সেখানে গিয়ে কি মনে হয়েছে জানো কি বিশাল এই পৃথিবী! সুবিশাল, সু গভীর, সুনীল জলরাশি, আপনাতে আপনি স্থিতহি, কি অপরূপ রূপ তার! এখানকার প্রতি টি কণা ঈশ্বর বানিয়েছেন অতি যত্নে, সমুদ্রের ঢেউ গুলো যখন কোন অনন্তর নির্দেশে দৌড়ে এসে পাড়ে হঠাৎ লুটিয়ে পড়ে, উজ্জ্বল, সূর্যের আলো তে জল কণা দের অসংখ্য হীরার কুচির মতো লাগে, অকারণ আনন্দে ঝল মল করতে থাকে তারা, আবার দৌড়ে চলে যায়, পাড়ের সবুজ গাছ গুলো হাওয়াতে নতুন দিনের আনন্দে, আলোতে চক চক করতে থাকে, পাতায় পাতায় কিসের যেন কানাকানি চলতে থাকে, সমুদ্র পাড়ের শামুক, ঝিনুক আরো কত নাম না জানা জীব নিজ আনন্দে স্বাধীন ভাবে চলাফেরা করে, কি ভালো লাগে আবুল, এই প্রকৃতি দেখে!

কি আনন্দময় জীবন তাদের! প্রতিদিনের খাবার টুকু পেলেই তারা সন্তুষ্ট, আর মানুষ? সবাইই চায় নিজে বেড়ো হতে! তাই এত ধর্ম বিভেদ, শ্রেণী বিভেদ!কিন্তু সবাই এক সাথে স্বার্থ শূন্য হয়ে বাঁচা যে কত আনন্দের! আমি তো আলম এর বাড়ি গেছি কয়েকবার, ওর মা খৃষ্টান বাবা মুসলিম, কি

সুন্দর মানিয়ে ওরা আনন্দ করে, একসাথে থাকে, কি যে ভালো লাগে! তোমার আমার বিবাহে বাধা আসবে আমার রক্ষণ শীল বাড়ি থেকেই, আমি বুঝতে পারি, তোমাকে তার মোকাবিলা করতে হবে কিন্তু! তোমার দেশের তাজ মহল, পৃথিবীর আশ্চর্য সৃষ্টি, মুঘল সম্রাট শাহজাহানের তৈরী, ওনার প্রিয় তমা মহিষীর প্রতি প্রেমের স্মারক, সবাই বলে সে নাকি অপূর্ব সুন্দর! তোমার সাথে যখন যাবো, তখন নতুন আনন্দে দুজনে দেখবো কেমন!

পাতা ৭

৫ ই মার্চ ১৮৭১ ফ্রান্স

কেমন হবে, my love, আমাদের ভবিষ্যৎ? তুমি শীতের ছুটি তে বাড়ি গেছিলে, গুঁড়ো গুঁড়ো বরফ পড়ছিলো এখানে, সাদা বরফের চাদরে মুড়ে যাচ্ছিলো, রাস্তাঘাট, ঘরবাড়ি গাছ পর্যন্ত! দেখতে ভারী সুন্দর লাগছিলো, যেন আঁকা ছবি!দূরের পাহাড়ের মাথায় যখন বরফ ঢেকে যায়, ভোরের সূর্যের আলো এসে পড়ে, কি যে অপূর্ব লাগে! কোনো মালিন্য নেই কি পবিত্র নির্মল সে আলো! প্রকৃতি যেন অসীম মমতায় তার অনির্বচনীয় সৌন্দর্যের সাক্ষী করেছেন আমাদের, অশেষ প্রণাম তাকে, আমার খালি তোমার কথা মনে পড়ে! কোনো কোনো সময় জানালা দিয়ে রাতের আকাশে তাকিয়ে দেখি কত তারা যেন অবাক হয়ে তাকিয়ে আছে! কানাকানি করছে কি ওরা! সব জেনে গেল নাকি, তোমার আমার কথা! এ তো ভারী লজ্জার কথা হলো! সত্যি বলতে কি তোমাকে চিঠি না লিখলে আমার ঘুমই আসে না! কাল প্রায় ধরা পড়ে যাচ্ছিলাম জানো! মা খেয়াল করছিলেন রাত্রি বেলা আমি আলো তে কি করছি ঘরে! সব সময় পড়বো, এত ভালো ছাত্রী তো আমি নই! আমার ভারী ইচ্ছা, তোমার সব কাজে সঙ্গী হবো! কোনো কাজে ভুল হলে, তুমি বকলে, তোমার মায়ের আড়ালে লুকিয়ে পড়বো, তিনি ও আমাকে হেসে আপন করে নেবেন, নেবেন না? হলাম ই বা আমি বিদেশিনী!

পাতা ৮

২০ শে জানুয়ারী, ২০২৪, কলকাতা

আমি টিনা রায়, বয়স ৩৫ কলকাতার কলেজে সমাজতত্ত্ব পড়াই কাজ করি, টাকা নি', ২০২৪ এর google যুগের মহিলা, বাস্তব বাদী, ৫ বছর আগে বিয়ে করেছি নিজে দেখে, কিন্তু বর অনীশ এর সাথে থাকি না! বিয়ের পরে ওর সাথে আর মতের মিল হচ্ছে না ঠিক! ৩ বছরের মেয়ে নিয়ে বাপের বাড়ি থাকি কিছুদিন ধরে, কিন্তু এখানেও কিছু অসুবিধা হচ্ছে। আমি অর্থনৈতিক ভাবে স্বাধীন, কেন মেনে নেবো বর এর খবরদাড়ি!

বিগত দেড়শত বছরে ভিন্নধর্মে যারা বিবাহ করেছিলেন, সে ই সব মহিলাদের ধর্মের জন্য কতটা সামাজিক বাধার সম্মুখীন হতে হয়েছিল, religion, class, status আজও সমাজে কত প্রাসঙ্গিক, সমাজ কে ধরে রাখতে এদের কত গুরুত্ব পূর্ণ ভূমিকা, এসব নিয়ে একটি আলোচনা সভা হবে কলেজে। স্কুল, কলেজ, পাড়া বিভিন্ন জায়গাতে বিতর্ক সভাতে প্রথম পুরস্কার পেয়ে আমি চিরকাল অভ্যস্ত, হঠাৎ লাইব্রেরিতে একটি পত্রিকায় এই ফরাসি মেয়েটির তার প্রিয়তম কে লেখা প্রকাশিত কিছু চিঠি পেলাম! ঘটনাটি অনেক আগের সময়ের!ভদ্রমহিলার নাম

lily monnier, ভালোবাসা,ওনার নিজের কাছে কত আপন ছিল!

. আমি তো নিজে দেখে বিয়ে করেছি,নিজের ধর্মেই!কিন্তু কত মতবিরোধ স্বামীর সাথে! আমি কি করলাম? বর্তমানের ইঁদুর দৌড়, দ্রুত গতি কি এজন্য দায়ী? এই ব্যস্ত তম যুগ কি আমাদের সামাজিক ভাঙ্গনে র মুখে দাঁড় করিয়ে দিলো? আরো কিছু চিঠি আছে, দেখছি, মেয়েটি কি বলতে চায়? ওর কি বিয়ে হয়েছিল? ও কি আসতে পেরেছিলো ভারতে? স্বপ্ন সত্যি হয়েছিল? ❑

চিঠি দ্বিতীয় পর্ব

পাতা ১,

এপ্রিল ৫, ১৮৭১ফ্রান্স,

আবুল my love, কাল তোমার সাথে কলেজে কিছু সময় কাটালাম! বিকেলের নরম আলো এসে পড়ছিলো, যত্ন করে করা বাগানে কত ফুল হাওয়াতে যেন হেসে হেসে লুটিয়ে পড়ছিলো, হঠাৎ আমার কোট এ কি পড়েছিল, হাত দিয়ে সরিয়ে দিয়েছিলে তুমি, শিউরে উঠেছিলাম তোমার স্পর্শ তে, আমার এলোমেলো চুল গুলো হাওয়াতে খুব উড়ছিল, তাও একবার সরিয়ে দিয়েছিলে, পৃথিবী টা এখন আমার খুব ভালো লাগে জানো, সব কিছু ভারী রঙ্গীন মনে হয়! কেন বলো তো? আমি বলবো না এর উত্তর! কাল তাড়াতাড়ি এস কিন্তু!

পাতা ২

এপ্রিল ১০, ১৮৭১ ফ্রান্স

আবুল, তোমার পরীক্ষা সামনে, আমার ও পরীক্ষা আসছে তোমার সাথে লাইব্রেরিতে থাকতে থাকতে আমার ও পড়ার অভ্যাস বেড়ে গেছে জানো, যে খাতা গুলো নিয়ে গেছিলাম তোমার থেকে, সেখানে তোমার ও তোমার মায়ের একটি ছবি রাখা ছিল, কি সুন্দর মা তোমার! ঠিক, তোমার মতো সুন্দর!, আমি খুব সুন্দর নই, ওনার পাশে তো দাঁড়াতেই পারবো না! বাইরে জানলা দিয়ে দেখতে পাচ্ছি গুঁড়ো গুঁড়ো বরফ পড়ছে রাস্তায়, শীতের রাত, নিস্তব্ধতা র মধ্যে কে যেন মিষ্টি সুরে পিয়ানো বাজাচ্ছে, আমার ইচ্ছা থাকলেও পিয়ানো শেখা হয়নি, কোনো মাস্টার মশাই কাছে শেখা মা পছন্দ করেন না, পড়তে পাঠিয়েছেন এই যথেষ্ট, এই কলেজ আমার একমাত্র নিঃশ্বাস নেওয়ার জায়গা, পড়তে পড়তে আমার মনে হয়, সমগ্র বিশ্বে মেয়েরা শিক্ষা র দিকে কত পিছিয়ে, যতদিন মেয়েরা পিছিয়ে থাকবে, কোনো দেশ, কোনো জাতি সঠিক ভাবে এগোতে পারবে না! রাত ১২ টা

বাজলো, গির্জার ঘন্টা শোনা যাচ্ছে, পড়ার ফাঁকে তোমাকে চিঠি লিখছি! ওহ, তোমার দেওয়া গোলাপ টা আমি সযত্নে রাখলাম! যখন ভারতে যাবো রোজ তুমি একটি লাল গোলাপ আমাকে দেবে! কেমন!

পাতা ৩

২ রা মে, ১৮৭১ ফ্রান্স

আবুল, my love তোমার সাথে কথা বলতে কি যে ভালো লাগে আমার! তুমি কেমন সুন্দর ভাবে আস্তে আস্তে কথা বলো। অনেক টা আমার বাবার মতো, বাবা যতদিন ছিলেন আমাকে বুঝতেন, কিন্তু মা ও দাদা ঠিক বুঝতে চান না কোনো সময়, আমার মাঝে মাঝে ভয় লাগে যদি ধরা পড়ে যাই, তাহলে ওরা যে কি করবে জানি না! থাক, আমার চিন্তার কথা! তোমার সাথে যখন ভারতে যাবো, অনেক জায়গা ঘুরে বেড়াবো, তোমার মা কেও সাথে নিয়ে যাবো! কোনো সময় তুমি বকাবকি করলে কে দেখবে আমাকে? . আমি ওনার মেয়ে হবো, হলোই বা তোমাদের সাধারণ ঘর, বিত্ত শালী দের ঘরে কি বেশি চাঁদের আলো আসে? আর সাধারণ দের ঘরে কম? রাত হলো, আমার ল্যাব এর খাতার বাকি কাজ শেষ করি, কেমন!

পাতা ৪

৬ ই মে, ১৮৭১ ফ্রান্স

ভালোবাসা কি আবুল? এক বিশেষ অনুভূতি কারো প্রতি তাই না? যাকে ছাড়া জীবন যেন অচল মনে হয়! কলেজে তোমার সাথে ওই অল্প সময় কাটানো র জন্য আমি উন্মুখ হয়ে থাকি, তোমার সঙ্গ আমার মনে আনন্দের সঞ্চার করে। তুমি ফুল ফুটতে দেখেছো কোনোদিন? ছোট্ট কুঁড়ি কেমন অনন্তের নির্দেশে আলো কে সঙ্গে নিয়ে আস্তে আস্তে বড়ো হয়, তারপর ঠিক সময়ে ফুটে ওঠে রাত্রিবেলা, ওই দূরের তারা দের আলো আর নৈঃশব্দ কে সাক্ষী রেখে! আমাদের ভালোবাসা ও তো তেমন! নিঃশব্দে সবার অলক্ষ্যে গড়ে উঠেছে!তুমি ধর্মের ভয় করছো, হা আমি তোমার ধর্মের নই, কিন্তু আমাদের ভালোবাসাতে তো কোনো খাদ নেই বলো!

তোমাদের দেশের এক মহাপুরুষ সন্ন্যাসী বলেছেন, ভগবানকে মানুষ ভিন্ন ভিন্ন মতে ডাকে হয়তো, কিন্তু তিনি তো এক অনন্ত শক্তির আধার, কেউ বলে যীশু, কেউ বলে আল্লা আর হিন্দু ধর্মে তো অনেক আধার কল্পনা করা হয়, যতটুকু পড়াশোনা আমি করেছি বা শিখেছি তাতে এটুকু পরিষ্কার, আমি কোনো অন্যায় করিনি। ঘন্টা বাজছে গির্জার, রাত ১২ টা, এখন রাখি কেমন!

পাতা ৫

২৫শে মে ১৮ ৭১ ফ্রান্স

পরীক্ষা শেষ! ওহ!কিছুদিনের জন্য নিশ্চিন্ত! কাল তোমার সাথে কি যে ভালো কেটেছে কিছু সময়! পড়ন্ত সূর্যের আলো যখন বার্চ আর ওক গাছের ওপর মায়া ছড়িয়ে বিদায় নিচ্ছিলো দিনান্তের কত পাখি দের কলরব শুনছিলাম, তুমি আমার হাত ধরে ছিলে, তোমার চোখে আগামী জীবনের কল্পনা শুনছিলাম আনন্দ, স্বপ্ন, আশা র কত ছবি তোমার মুখে ঘোরা ফেরা করছিলো, স্বপ্ন সত্যি হবে তো আবুল, আমাদের? তুমি নাকি তোমার মা কে বলে ফেলেছো আমার কথা! ওনার অমত নেই! উনি আমার ছবি দেখতে চেয়েছেন!বেশ, পাঠিয়ে দিও আমার ছবি!আমি বুঝতে পেরেছি, উনিও খুব খোলা মনের! নইলে আমি যে বিধর্মী, উনি তো জানেন!

পাতা ৬,

৫ ই জুন, ১৮৭১ ফ্রান্স

আমার এই ২১বছর জীবনে কাল বোধ করি জীবনের একটি অন্যতম শ্রেষ্ঠ দিন কাটালাম, তুমি এমন ভাবে চিরকাল আমার পাশে থাকবে তো, আবুল? তোমার সাথে একটু বেড়াতে গেছিলাম সমুদ্রের ধারে, কি যে ভালো লেগেছে প্রকৃতির মাঝে! সমুদ্রের ঢেউ গুলো আনন্দে আছড়ে পড়ছিলো, সূর্যের আলো ওদের ওপর পড়ছিলো, কিসের উচ্ছলতায়, মনে হচ্ছিলো লক্ষ লক্ষ হীরার কুচি চারিদিকে ছড়িয়ে পড়ছে! আচ্ছা ঢেউ রা কি সব

বুঝতে পেরেগেছে আবুল, আমাদের কথা? সমুদ্রের বুকে র গভীরে লুকিয়ে থাকা প্রবালের মতো, গোপন নেই আর! দুরন্ত হাওয়াতে একটু যেন শীত করছিলো আমার, তুমি বুঝতে পেরে তোমার ব্লেজার আমার গায়ে দিয়ে দিয়েছিলে!চিরকাল এমন সাথে থাকবে তো তুমি!আমি কোনো কারণে দুঃখে ভেঙে পড়লে সান্ত্বনা দেবে তো! অন্তসারশূন্য, রক্ষণ শীল সমাজে বড়লোকদের সাজানো সাহেবি কেতা দেখে আমি খুব বিরক্ত! তুমি জানো, আমি ছোট থেকে হীরা দেখেছি মায়ের গলায় পড়তে, আমি আলাদা কোনো আনন্দ পাইনি ওগুলো দেখে, যত না খুশি হয়েছি আজ সমুদ্রের ঢেউ দেখে! আমি মাইক্রো বায়োলজি র ছাত্রী, কিন্তু মানুষ, মানুষ কে কত অত্যাচার করে নিজের স্বার্থের জন্য, ইতিহাস ই তার প্রমান, ফরাসি বিপ্লব তো আমার ই দেশের! এত অত্যাচার করার মানসিকতা আমাকে ভারী কষ্ট দেয়! আমি কিন্তু তোমাকে কোনোদিন কোনো কষ্ট দেব না, আবুল! দেখো তুমি!

পাতা ৭,

১০ই জুন ১৮৭১, ফ্রান্স

আবুল, my love আমার চিরজীবনের সঙ্গী, ভালোবাসালে কি এমন হয়? সর্বদা মনে হয় তোমার সঙ্গে থাকি, তোমার হাত ধরে প্রকৃতির মাঝে হারিয়ে যাই, অনেক সময় কাটাই তোমার সাথে, কবে সে দিন আসবে আবুল? জীবন দেবতাকে প্রণাম করে, ভোরের লালিমা নিয়ে উদ্ভাসিত সূর্যের সঙ্গে উঠবো, দিনের আলোতে কত রকমের কাজ থাকবে, তোমার কলেজে পড়াতে যাবার তাড়া থাকবে, আমি কিন্তু ঘর কন্না নিয়ে ব্যস্ত থাকবো, প্রতি সপ্তাহে তাজমহল দেখতে যাবো, চিরকালের প্রেমের স্মারক, ভালোবাসা হীন তো জীবন হয় না! তাই না আবুল! যার কাছে কিছু না থাকে, তারও তো এই গোটা পৃথিবী টা পড়ে থাকে, সূর্যের দীপ্ত আলো থাকে, সবুজ শ্যামলিমা থাকে, নৈঃশব্দের তারারা থাকে, অপূর্ব নীলাকাশের দ্যোতনা থাকে!

আমিও তো তাই নিয়েই ছিলাম, কিন্তু আমার বাবা চলে যাবার পর, মা, দাদা থাকলেও ওনাদের শাসনের কর্তৃত্ব সব কিছু কে ছাপিয়ে যায় সর্বদা, মনের কথা কাউকে বলতে পারিনা! কানে আসে মা কাউকে যেন ঠিক করে

রেখেছে আমার সঙ্গে বিয়ে দেবে বলে! উচ্চ শ্রেণী তার! আমি কিন্তু কারো সাথে থাকবো না, আমি তোমার সাথে থাকবো, আবুল! তুমি যা যা ভালো বাসো তাই নিয়ে সন্ধ্যায় অপেক্ষা করবো, ফুল দানি তে লাল গোলাপের তোড়া থাকবে, তুমি ঠিক মায়ের আড়ালে আমার মাথায় একটি ফুল আটকে দেবে, তোমার মা হয়তো দেখে হেসে ফেলবেন আর আমিও ওনার আড়ালে লুকিয়ে পড়বো! মাঝে মাঝে হয়তো ফ্রান্স বেড়াতে আসবো, আমি তুমি আর, হয়তো ছোট্ট দুই এক জন ও সাথে আসবে! থাক! আর বলবো না আমি!

পাতা ৮

১০ ই জুন, ১৮৭১ ফ্রান্স

My love, তোমাকে ভালো বেসে আমি ক টা সমুদ্র দেব, আবুল? মনে হয়, যেন এ মাটির পৃথিবীর যা কিছু দৃশ্য মান সুন্দর সম্পদ আছে, সব তোমাকে প্রদান করি বিনিময়ে আমাকে তোমার এক মুঠো ভালোবাসা দিও, কেমন? নির্ভেজাল সে ভালোবাসা, সমুদ্রের অতলে লুকিয়ে থাকা মুক্তোর মতো, তাই হবে আমার জীবনের শ্রেষ্ঠসম্পদ! তোমার মা কাকাদের কাছে থাকেন, বিয়ের পরেআমাদের একটিছোট্ট বাড়ি বানাবো, কেমন হবে আমাদের বাড়ি? ২ টি ঘর থাকবে, একটি তে মা থাকবেন, অপর টি তে আমরা ২ জন, আরো একটি ঘর লাগবে পরে, কেন বলতো? আমি বলবো না সেকথা! তুমি আমি মা আর ছোট্ট ২, ১ জন কে নিয়ে আমরা বাকি জীবন কাটিয়ে দেব, আবুল! আমাদের বাচ্চাদের এই শিক্ষাই আমি দেব, তারা যেন প্রকৃতমানুষ হয়! তোমাদের দেশের ই এক মনীষী র কথা, সবার ওপরে মানুষ সত্য! আমিও যে তাই বিশ্বাস করি! অর্থনৈতিক সম্পদ প্রয়োজন হয় বাঁচতে, সে কথা আমিও বুঝি, কিন্তু সেই সম্পদই মানুষকে মানুষ মাপবার মাপকাঠি কিছুতেই হতে পারে না! যুগে যুগে, কালে কালে পৃথিবীর সমস্ত দেশের মহাপুরুষ বলো আর শুভ বুদ্ধি সম্পন্ন মানুষই বলো, মানুষ কে মানুষ ভাবার শিক্ষা ই আমাদের দিয়ে গেছেন, আমরা বুঝতে না পেরে, নিজ স্বার্থে ডুবে থাকি, হানাহানি করি, তাই না!

পাতা ৯

২৭ সে জুন, ১৮ ৭১ ফ্রান্স

My love, সর্বনাশ হয়ে গেছে আবুল! আমার দাদার বন্ধু সেদিন আমাদের দেখেছে! বলে দিয়েছে মা আর দাদাকে, তোমার আমার মেলা মেশার কথা! মা ও দাদা দুজনেই চিরকাল শ্রেণী সচেতন, ওরা আমার বিয়ে ঠিক করে রেখেছে ফ্রান্সের উচ্চ সমাজের এক ব্যবসায়ীর সাথে, রক্ষনশীল পরিবার আমার! এরা ব্যবসা আর টাকা ছাড়া কিছু বোঝে না, ওরা খুব নিষ্ঠুর প্রকৃতির, ওরা সব পারে! ওরা তোমার ক্ষতি করে দেবে, আইন, পুলিশ সব ওদের হাতে! তুমি পালাও এ দেশ ছেড়ে!আমি তোমার জন্য অপেক্ষা করবো mydear, এই জন্ম না হয়, পরের জন্মে, তা না হলে জন্মে জন্মে! তোমার কোনো ক্ষতি আমার সহ্য হবে না!

ওরা আমাকে আটকে রাখতে পারে, মেয়েদের মন বোঝা র, মত মান সিকতা আসতে সব দেশেই এখনো অনেক দেরি, আমি যদি ওদের কথা মতো ওদের পাত্র কে বিয়ে করি, তাহলে ওরা আমাকে ছাড়বে! কিন্তু তা কোনো দিন সম্ভব হবে না!

আমি তোমাকেই ভালোবাসাবো চিরকাল! তোমাকে ভালো বেসে হেসে হেসে আমি মরে যেতে চাই my dear, বিয়ে করলে একমাত্র তোমাকেই করবো!

আমার পড়া শোনা বন্ধ করে দিয়েছে, আমি বেরোতে পারি না, ঘুমোতে যাই তোমার দেওয়া সেই গোলাপের পাপড়ি নিয়ে, জেগে উঠি তাকে নিয়েই, এ যে আমার ভালোবাসার দ্যোতক আবুল! আলমের হাতে সম্ভবত এই আমার শেষ চিঠি! জানিনা, কি ভবিষ্যৎ আমার জন্য অপেক্ষা করছে!তুমি আমার সাথে আর যোগাযোগ করার চেষ্টা করোনা কোনোভাবেই। সারা রাত্রি জাগরণের পরে রাতের তারা রা যখন ঘুমোতে যায়, ভোরের সূর্য আস্তে আস্তে অবতীর্ণ হয় আকাশে, সূর্যের লালিমাতে ভরে যায় এ বিশ্ব চরাচর, সারা রাতের নৈঃশব্দের শিশির গায়ে মেখে যখন ফুল ফুটব ফুটব করে খুব গোপনে, সমুদ্রের গভীরে যেমন কত কত ঝিনুক থাকে, মুক্তো লুকিয়ে থাকে, এ পৃথিবীর কেউ তাদের রহস্য বুঝতে পারে না, তেমনি সুপ্ত থাক আমাদের কথা! তুমি ভালো থাকবে আবুল, চিরকাল!

হাসনুহানা ফুলের যে ছবি তুমি আমাকে দিয়েছিলে,প্রতি বর্ষায় যখন ফুলে ফুলে ভরে যাবে গাছ, তখন আমাকে মনে কোরো, সমুদ্র পাড়ের এলোমেলো হাওয়াতে সবুজ শ্যামলিমা যখন কেঁপে উঠবে হঠাৎ, দুরের সমুদ্রের জল যখন গভীর শান্ত দেখাবে, তখন আমাকে মনে করো! মনে করো এপৃথিবীর যা কিছু সৌন্দর্য সব আমি ভালো বেসে ছিলাম, আর তোমাকে ও ভালো বেসে ছিলাম, এর মধ্যে খাদ নেই কোনো! তুমি দেশে নিরাপদে ফিরে যাও, তাহলেই আমার বাঁচা হবে আবুল! এই জন্মে হলো না, পরের জন্মে, নইলে পরের, পরের জন্মে আমি তোমার জন্য অপেক্ষা করবো!আমার ভালোবাসা যে মিথ্যা নয় আমি, তার প্রমান দিয়ে যাব আবুল!

২০শে জানুয়ারী, ২০২৪,কলকাতা

আমি টিনা রায়, কলেজে সমাজতত্ত্ব পড়াই, ২০২৪ এ google যুগের মহিলা, আবেগ কে প্রশ্রয় দি না, চিরকাল প্রথম হয়ে এসেছি বিতর্ক সভা তে, কলেজে একটি আলোচনা সভা আয়োজিত হয়েছে, religion status, class কতপ্রভাবিত করে society কে, এটি বিতর্কের বিষয়। সভায় চিরকাল আমি প্রথম পুরস্কারপেয়ে এসেছি, এই সভার ও পুরস্কার আমার চাই, তাই বিভিন্ন পত্রিকা দেখছিলাম লাইব্রেরিতে, কিন্তু আর পড়তে পারছি না! বেশ কিছু চিঠি প্রকাশিত হয়েছে পত্রিকাতে! কি সাংঘাতিক ঘটনা! ভদ্রমহিলার নামlily monnier, ১৮শতকে ফ্রান্সে এই ঘটনা ঘটেছে, নিজের ইচ্ছাতে, ভিন্ন ধর্মে বিবাহ করতে চাওয়াতে দীর্ঘ কাল বন্দি করে রাখা হয়েছিল ওই মহিলাকে!সম্ভবত উনি ২৫বছর বন্দী ছিলেন!অনেক পরে, ওনার মা, ভাই ধরা পড়েছে।

ভালোবাসার মানে কি ছিল ওনার কাছে? এই কি প্রকৃত ভালোবাসা? একে তো স্বর্গীয় ভালোবাসা বলে, নিজের এই তুচ্ছ দেহটার সব দাবি তিনি অবহেলে কি আশ্চয ভাবে অবজ্ঞা করলেন, হৃদয়ের রাজার ধ্যান করলেন, নির্লোভ হয়ে, কাটিয়ে দিলেন জীবনের শ্রেষ্ঠ সময়! ইচ্ছা করলেই তো মায়ের পছন্দের পাত্র কে বিয়ে করে বিত্ত শালীর জীবন বেছে নিতে পারতেন! প্রথম ভালোবাসা! প্রথম প্রেম, যা কিনা হীরার দ্যুতির মতো, প্রথম বর্ষায় গোপনে ফুটে ওঠা কদম ফুলের মতো! নিজের প্রতি লজ্জা

৬৩

লাগছে, আমি না ভালোবেসে বিয়ে করেছিলাম! আমি কি কিছু বুঝি ভালোবাসার মানে? ৫বছরের মধ্যে, আমার বিয়ে ভাঙ্গনের মুখে! কি করলাম জীবন নিয়ে? ভবিষ্যৎ প্রজন্মের কাছেই বা কি দৃষ্টান্ত রেখে যাবো? কাল ই আমার স্বামী অনীশ কে ফোন করবো! রাগ করে যা যা কথা বলেছি, সে সব আমার মনের কথা নয়! আমার ভুল আমাকেই ঠিক করতে হবে! ভালোবাসা যদি গভীর হয়, সেখানে নত হওয়া গৌরবের! গুরুদেব কোথায় লিখেছিলেন! অন্যায় আমি ই বেশি করেছি, জানিনা অনীশ আমাকে ভুল শোধরাবার সুযোগ দেবে কিনা! কিন্তু চেষ্টা তো করতে হবে! আমার আর বিতর্ক সভায় অংশ গ্রহণ বা পুরস্কার নেওয়ার দরকার নেই! ▢

সমাপ্ত